메비스

폴린

마르셀라

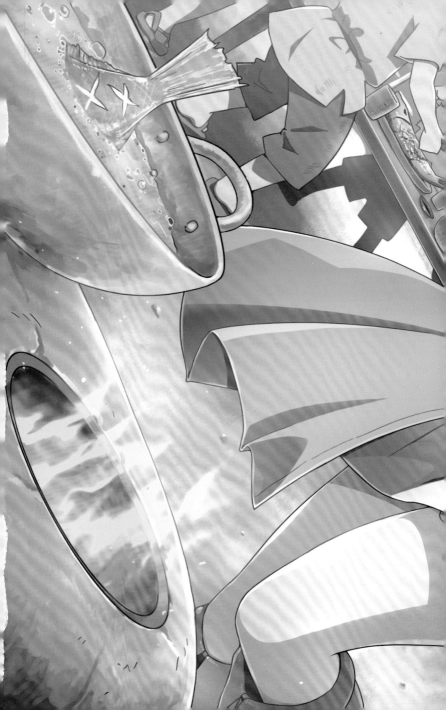

줄리아나

모니카

【현대 일본】

쿠리하라 마사토

고등학생. 어린 소녀를 구하고
이세계로 전생했다.

헌터 파티 『붉은 맹세』

마일
(아델)

이세계에서 '평균적'인
능력을 부여받은 소녀.

메비스

검사. 헌터 파티
'붉은 맹세'의 리더.

폴린

헌터. 치유 마법 구사자.
상냥한 소녀지만…….

레
나

성격 강한 소녀 헌터.
공격 마법이 특기.

헌터 파티 『원더 쓰리』

마
르
셀
라

귀족의 딸. 아델의 친구.
'원더 쓰리'의 리더.

모
니
카

상인의 딸. '원더 쓰리'의 한 멤버로,
마르셀라와는 어릴 때부터 친구.

올
리
아
나

머리가 좋아 『원더 쓰리』의 참모격.
마르셀라에게 갚을 은혜가 있다.

바노라크 왕국

아스컴으로 돌아가는 반환점

여인숙 사건이 일어난 마을

카라미테이

브란델 왕국

아스컴령

침공군

왕도

왕도 샤레이라즈

티루스 왕국
'붉은 맹세' 등록국

왕도

마일이 헌터 등록한 마을

마일의 신전

클로트

제도

산악지대

아르반 제국

오브람
왕국

왕도

트리스트 왕국

왕도

마레인 왕국

도시

왕도

마판

도시

드워프 마을
그레데마르

God bless me?

WORLD MAP

지난 줄거리

아스컴 자작가의 장녀 아델 폰 아스컴은 열 살이 되던 어느 날, 강렬한 두통과 함께 모든 것을 기억해냈다.

자신이 예전에 열여덟 살의 일본인 쿠리하라 미사토였다는 것과 어린 소녀를 구하려다가 대신 목숨을 잃었다는 것, 그리고 신을 만났다는 사실을……

너무 잘나서 주변의 기대가 커, 자기 생각대로 살 수 없었던 미사토는 소원을 묻는 신에게 이런 부탁을 했다.

"다음 인생에서 능력은 평균치로 부탁드립니다!"

그런데 뭐야, 어쩐지 이야기가 좀 다르잖아!

나노머신과 대화를 나눌 수 있고, 인간과 고룡의 평균이어서 마력이 마법사의 6,800배?!

처음 다닌 학원에서 소녀와 왕녀님을 구하기도 하고.

마일이라는 이름으로 입학한 헌터 양성 학교에서 동급생들과 결성한 소녀 사인조 파티 『붉은 맹세』로 대활약!

그녀들은 사람들을 구하고 아이들을 구한다.

끝에 가서는 선사 문명에서 남겨진 슬로 워커의 부탁을 받아들여 수많은 헌터와 인간들, 엘프, 드워프, 수인, 마족, 고룡들과 함께 이차원에서 쳐들어온 강대한 침략자들을 쓰러트리고 이 세계를 지켜낸다!

그리고 『붉은 맹세』는 숭배받는 갑갑한 일상으로부터 탈출해 신대륙으로!

신인 헌터에서 3등급 특진, 복슬복슬 새하얀 늑대와 장난도 치고 고룡과 함께 음모를 격파!

『원더 쓰리』도 여왕님도 신대륙으로 건너오고, 왕녀님들끼리 친구가 되는데?!

그런 줄 모르는 마일 일행은 어촌에서 늙은 어부들과 함께 바다 마물을 잡고 있었다♪

God bless me?

CONTENTS

제132장 사후 처리

쿵!

쿠쿵!

쿵쿵쿵쿵쿵!!

"""""""""…………。"""""""""

산처럼 쌓여가는 생선을 보고 쥐 죽은 듯 고요해진 상업 길드 정육, 어패류 전용 창고.

상업 길드도 해체하지 않은 짐승과 마물, 대형 생선 등을 사들여 판매하기 때문에 그런 창고를 갖추고 있었다.

물론 단열 효과가 뛰어난 구조로, 마법을 활용한 냉동 및 냉장 기능이 있다.

그래서 길드 마스터와 간부, 핵심 직원들을 설득해 창고에 오게 했다.

현재 접수 창구는 젊은 직원들이 보고 있다.

왕년에 어부였던 노인들만 있었다면 믿지 않았을지도 모르지만, 상업 길드의 수뇌부가 『괴물 용량을 자랑하는 수납마법사가 속한 신입 여성 헌터 파티』를 모를 리가 없었다.

물론 비밀 엄수 의무라든지 헌터 길드와의 약속 때문에 직원 이

외의 사람에게는 비밀로 하고 있지만, 슬슬 비밀이 샐 시기가 됐기도 하고 이번 매입품들을 팔아치울 때도 그 출처를 설명해야 하는 만큼 비밀 엄수는 여기까지가 한계일 것이다.

그렇기에 『붉은 맹세』가 동반한 이상 그럴 만한 사정이 있다고 판단했으리라.

그리고 이번 일은 상업 길드와 상품을 팔러 온 일반인 사이의 거래 이야기인 만큼, 마침 그때 길드에 있던 상인들이 창고까지 따라오려고 했지만 못 오게 막았다.

양도 양이지만 전부 초고급 생선들뿐이라, 이 산더미처럼 쌓인 생선들은 그대로 산더미처럼 쌓인 금화나 다름없었다.

"이게 정말입니까……."

길드 마스터가 정적을 깨고 겨우 입을 열었다.

"이, 이건, 헌터 길드 쪽에서 독점하려고 들 게 분명한데……."

이어서 부길드 마스터가 말했다.

그리고 벙찐 얼굴인 다른 직원과 해체장 작업원들.

"……이거, 전부 사주실 수 있을까요……."

"""""""""기꺼이!!""""""""

상업 길드 측, 모두의 목소리가 하나로 합쳐졌다.

"하지만……."

그런데 길드 마스터가 살짝 난감해하는 표정을 지었다.

"이렇게 물량이 많으니 상하기 전에 다 팔기 힘들지도 모르겠군요……. 인근 마을까지 옮기자니 운송력에도 소비량에도 한계가 있고……. 멀리 있는 대도시로 운반하자니 날 것 그대로는 상할 테고 이렇게 많은 양이면 소금에 절이려고 해도 소금이 턱없이 부족하고……. 건어물로 만들기에도 양이 너무 많고, 죄다 대물이라 통째로 말리기도 불가능합니다. 얇게 썰어 말리는 방법 또한 작업량을 보나 말릴 장소를 보나 무리가 있고요……. 썩기 전에 팔 수 있는 양이라곤 많아야 3분의 1 정도 아닐까요? ……아니, 그래도 절반은 팔았으면 좋겠는데……. 시간과 운송력 문제이기 때문에 값을 낮춘다고 해결될 문제도 아니니까요. 으음……."

모처럼 확보할 수 있는 고액의 상품인데도 자신들의 역부족으로 절반 넘게 못쓰게 되는 것이다.

그것이 상인으로서 참을 수 없었는지, 머리를 쥐어뜯으며 끙끙 앓는 길드 마스터.

다른 길드 직원들도 분해서 얼굴을 구겼다.

아니면 반만 사들이는 방법도 있는데, 그렇게 하면 비싼 값에 팔리는 생선은 자신들이 매입하고 나머지 반, 그러니까『다 못 팔아 썩히는 생선』을 전부 어부들에게 억지로 떠미는 꼴이 된다.

장사꾼으로서는 그렇게 하는 것이 맞겠지.

하지만 상업 길드 사람들은 그 무척 손쉬운 해결법을 선택하려고 하지 않았다.

전부 매입하게 된다면 다 팔지 못하고 썩혀 버리는 몫까지 고려해 그만큼 매입 가격을 낮출 필요가 있다.

그렇더라도 이 나이 지긋한 어부들에게 잡은 생선의 절반을 되돌려주는 것보다는 그편이 훨씬 나으리라.

그때 마일이 돕고 나섰다.

"저희는 조금씩 나눠서 납품해도 상관없어요. 제 수납, 안에 든 게 안 상하니까……."

"""""""""뭐어어어어어어어어어!!"""""""""

별일도 아니라는 듯한 마일의 말에 창고 안이 크게 들썩였다.

"아……."

"멍청아!"

감출 계획이었던 수납마법(아이템 박스)의 특이성을 자기도 모르게 발설하는 바람에 레나에게 핀잔을 들은 마일.

"아, 그게, 저기, 마법으로 만든 얼음을 수납에 채워두었기 때문에……."

"뭐야, 그런 거였습니까……. 우리 창고도 일부는 냉장고로 되어 있어서 마법으로 얼음을 만들어 창고 안 온도를 낮게 유지하면 손상을 조금 늦추는 것쯤은 가능합니다. 아무리 그래도 당신이 이 많은 양을 수납하면서 시원하게 유지할 수 있는 대량의 얼음까지 채우는 건 불가능하겠지요. ……뭐, 마음만 감사히 받겠습니다."

"아, 네……."

겨우 얼버무리는 데 성공한 듯하다.

뭐, 엄청난 용량인 것도 모자라 시간 정지 기능까지 있다니, 도저히 믿기지 않을 것이다.

그런 걸 믿을 바에는 차라리 엄청난 용량인 수납에 얼음 마법으로 만든 대량의 얼음을 채워 넣는다거나 동결마법을 쏟아붓는다는 식의 설명이 훨씬 믿기 쉽다.

그리고 인간이란 자기가 믿고 싶은 대로 믿는 생물이었다…….

거래는 무사히 성사되었다.

이런 상품을 한꺼번에 대량으로 가져온 거래는 서로 처음이었으므로, 그것이 적정한 가격인지 아닌지는 양측 다 확실히 알 수 없었다.

또 얼마나 팔고 얼마나 폐기하게 될지도 가늠이 되지 않았다.

그래서 양측 모두 가격을 뻥튀기하지도 너무 후려치지도 못하고, 성의껏 협상하게 된 것이다.

또 한쪽은 상업 길드, 다른 한쪽은 항구도시와 가까운 어촌의 노인들이다. 만약 불성실하게 거래했다가 훗날 그 사실이 발각되기라도 한다면 길드 측에서 잃을 것이 너무 많았다.

오랜 세월 성실하게 일한 노인들을 속이면 이 세계에서, 아니, 지구까지 포함해 그 어떤 세계에서도 극악무도한 짓이라고 비난받을 것이다. 그런 짓을 했다간 상업 길드의 신용은 단번에 땅에 떨어진다.

게다가 이번에는 소문의『괴물 용량 수납 소녀대』가 얽힌 안건이 아닌가.

애초에 속을 걱정이 없었다.

……하지만 아무리 희소품(불과 조금 전까지는)이라지만 한꺼번에 이렇게 많은 양을 들여와 버리면 가격이 대폭락할 것이다. 오래 보존하기도 힘들어 마차 운송업체의 짐마차를 총동원하고 이 지역의 운송력을 전부 쏟아부어 인근 도시와 마을까지 운반한

다고 해도 상하기 전에 얼마나 팔아치울 수 있을지 의문이다.

그래서 다 팔지 못한 분량까지 고려해 값을 깎을 수밖에 없다는 사실은 노인들도 충분히 이해했다. 수십 년에 걸쳐 어패류를 취급하다 보면 그 정도는 바보라도 안다.

게다가 노인들은 이것으로 한밑천 잡을 생각은 없었다.

먼바다에 나간 자신들의 용감했던 모습.

멋지게 숙적을 무찔렀다는 기쁨.

그걸 마을 사람들에게도 보여주고, 다 함께 숙적을 잘근잘근 씹어 배에 넣고 싶다.

단지 그 마음뿐이었다.

……아니, 물론 그렇다고 해서 돈을 원하지 않는 건 아니지만.

좌우지간 어느 정도 선이면 충분하지 않을까, 하는 느낌이었다.

한편 이번에 잡은 생선 중에 마일을 비롯한 『붉은 맹세』의 몫은 상업 길드에 팔지 않고 마일의 수납(아이템 박스)에 계속 들어 있었다.

계속 상할 걱정도 없는데, 지금 그걸 꺼내서 상업 길드를 곤란하게 만들 이유가 없다.

……오히려 상업 길드 측의 고뇌하는 모습이 눈에 뻔히 보이는데, 거기서 또 같은 양을 쿵 꺼내놓는 악마 같은 짓을 할 수 있을 정도로 배짱이 크진 않았다.

그렇게 상업 길드에서 나온 『붉은 맹세』와 노인들.

노인들은 계속 싱글벙글 웃고 있었다.

이제 인사하고 『붉은 맹세』는 잡은 숙소에, 노인들은 어촌으로 돌아가는 일만 남았는데…….

"아가씨들, 잠깐 얘기를 좀 들어줄 수 없을까…….."

그때까지 웃고 있던 노인들이 살짝 진지한 표정을 지으며 운을 뗐다.

……아무래도 『붉은 맹세』에게 부탁할 일이 있는 모양이었다.

"실은 말이지……. 마을에, 외해 돌격선, ……아니, 『외해 돌격선단』을 결성하고 싶은데…….."

"우리가…… 아니, 마일이 없으면 배 바닥이 부서질 텐데. 게다가 할아버지들끼리는 바다 마물(시 서펜트)을 잡는다고 고생하다가 전멸할 게 뻔해. 이번에도 우리 없이 할아버지들끼리만 있었으면 무사히 돌아왔을 것 같아?"

레나의 태도는 차가웠다.

그리고 지금까지 연장자에게는 비교적 정중한 말투를 사용해 왔었는데 갑자기 함부로 말하고 있었다.

……우쭐해진 노인들이 무모한 행동을 하지 않게 하려고 일부러 그런 것이리라.

"우선 수중 탐색 마법과 배리어(장벽 마법)를 쓸 수 있는 마술사와 뱃전을 넘어오는 바다 마물을 일격에 쓰러트릴 수 있는 사람 서너 명. 어선 한 척당 그만한 전력을 갖추는 게 필요해요. 아니면 배 밑바닥을 보호하기 위해 철갑선이나 장갑함을 준비하든지……. 그것도 단순히 목조선에 얇은 철판을 갖다 붙이기만 하는 게 아니라 완전한 철제 선체여야 하는…….."

그리고 마일이 그렇게 말했는데…….

"철로 된 배가 물에 어떻게 떠!"

레나가 일축했다.

하지만…….

"수송선에 싣는 짐과 똑같은 무게의 쇠로 바닥을 덮는 건 가능하잖아요, 배가 가라앉지 않고. ……그럼 목제 선체에 짐을 합친 것과 똑같은 무게의 쇠로 선체를 만든다면 물에 뜨겠죠? 그리고 금속으로 된 놋쇠 대야도 물에 뜨잖아요?"

"아……."

"그러네……."

눈을 동그랗게 뜨고 깜짝 놀란 표정을 짓는 레나 일행.

"그리고 뱃전을 높인다거나…….."

설명을 계속 이어나가려는 마일이었는데…….

"선단 결성을 전제로 깔고 얘기하지 마!"

레나에게 혼났다.

"우리 없이, 그러니까 마일의 배리어와 탐색 마법 없이도 괜찮다고 생각하는 거야?"

메비스가 레나의 말을 무시하고 마일에게 물었는데…….

"충분히 두꺼운 철제 선체라면……. 뱃전을 뛰어넘는 바다 마물을 쓰러트리기만 하는 거라면 C등급 상위 전위라든지 공격 마법을 잘 쓰는 마술사라면 어떻게든 될 거예요. 너무 먼바다까지 나가지 않고, 조금만 깊이 들어가서 연승, 그리고 바다 마물과 한 판 뜨고 무리하지 말고 바로 귀환. 그렇게 하면 부상자는 다소 나올지 몰라도 마을에 치유 마법사를 대기시켜 둔다면……. 물론 사망자가 나오거나 배가 침몰할 위험은 있지만……."

"그 정도 위험쯤이야 어부라면 늘 안고 있는 법! 그리고 외해 돌격선단에 탈 수 있는 건 죽어도 여한 없는 노인네 한정이라고! 이 소문이 퍼지면 온 대륙의 늙은 어부들이 우리 마을에 몰려올 걸……."

그렇게 말하고는 음하하하 웃는 노인들.

하지만…….

"……그런데 그 철로 된 배는 누가 만드는데?"

"""""…………."""""

레나의 지적에 윽 하고 신음하며 입을 다무는 노인들.

"그러니까요……. 장갑 두께가 충분히 두꺼운 강철제 배라면 제 탐색 마법과 배리어가 없어도 괜찮을 텐데요. 뱃전이 높고 어느 정도의 넓이와 안정성을 갖춘 갑판 위라면 그 정도 바다 마물쯤은 문제없이 쓰러트릴 수 있는 헌터가 나름대로 있으니까요. ……하지만 제가 생각하는 강철선은 도시의 부두에서도 본 적 없어서……."

"아니, 아예 들어본 적도 없어, 철로 만든 배라니!"

메비스의 말에 고개를 끄덕이는 레나와 노인들.

"아무리 저라도 철로 만든 배……는……."

그렇게 말하던 마일은 깨달아버렸다.

나노머신에게 제조를 명령한다면?

딱히 동력선을 만드는 게 아니다.

쇠로 된 선체를 만들기만 하는 것이라면 금칙 사항에 걸리지도 않지 않나.

게다가 슬로 워커(천천히 걷는 자)를 통해 스캐빈저들에게 부탁한다면 그 정도는 만들어 주지 않을까. 충분한 양의 철 또는 철광석을 건네주면…….

용량이 무한한 아이템 박스를 가진 마일이라면 광상에서 철광석을 대량으로 캐 옮기는 것쯤 식은 죽 먹기다.

아니, 마일의 권한 레벨 7 마법이면 철광석에서 직접 철을 제련하는 것도 가능할지 모른다.

그리고 굳이 구대륙으로 돌아가지 않아도 이 대륙에 있는 스캐빈저들의 소굴을 찾아내기만 하면…….

아마 슬로 워커는 이미 통신 시스템을 복구해서 전세계의 **살아 있는 유적**과 연락을 취하고 수리 부대(슬로 워커)를 파견하기도 하겠지.

이 대륙의 스캐빈저들과 소통하고 있다면 그들도 당연히 『관리자』 마일의 부하인 셈이니 부탁하면 들을 터…….

"그 표정은……. 철로 된 배를 구할 방법이 있는 건가!"

"돈이라면 낼게! 마을 노인들은 다들 손자가 자기 배를 구할 때 보탬이 되어주려고 돈을 꽤 많이 모아두었네. 이 나이쯤 되면 달리 돈 쓸 때도 없고……. 그걸 전부 끌어모을게. 그래도 부족하다면 인근 어촌에도 말해서 다 채울게! 그러니까, 부탁이네, 우리에게 철로 된 배를!!"

12~13살 남자애처럼 눈을 반짝이는 노인들.

'……아니. 아니아니아니! 강철선을 만든다고 쳐도 우리가 떠나고 나면 수리는 누가 해? 침몰한 배 숫자만큼 어떻게 보충하고? 배의 출처를 알아내기 위해 모든 대륙에서 몰려들 각국 조사단은? 이곳 사람들은 제조 및 유지 관리를 할 수 없는 오파츠(이 세계에 어울리지 않는 공예품)를 대뜸 만들어 놓고 그걸로 끝, 하는 방식은 안 돼, 안 된다고! 게다가 수없이 침몰하고 수많은 사망자가 나오게 될 거야. 그런 것(강철선)만 없었으면 죽을 일 없이 자손들에게 둘러싸여 노후를 보냈을 사람들이 수없이, 수없이…….'

"……각하!"

"""""에에에에엥~~!!"""""

"그런~~."

"어, 어떻게 좀 안 될까!"

노인들이 매달렸지만, 마일도 이건 양보할 수 없었다.

"저희가 동행하거나 충분한 강도를 지닌 강철선이 아닌 한에는 어쩔 방법이 없잖아요? 그리고 저희는 헌터니까 계속 이 마을에만 있을 수도 없는 데다가, 튼튼한 강철선 건조 기술과 조선소와 기술자, 예산, 대량의 철, 기타 등등을 대체 어떻게 준비할 수 있단 말인가요……."

"""""…………."""""

입을 꾹 다무는 노인들.

자기들도 터무니없는 요구라는 자각은 있는 모양이었다.

수십 년 넘게 어부 일을 해온 만큼 당연하다면 당연하겠지.

하지만 『아는 것』과 『포기하는 것』은 별개의 문제다.

노인들이 너무 실망하자 그 자리가 불편해진『붉은 맹세』.

……그렇다, 이러니저러니 해도 다들 어린 여자아이와 소년과 고양이와 노인에게 약했다…….

"……아아, 진짜, 알았다고! 우리가 이 마을을 떠나 멀리 가기 전까지는 몇 번 더 따라 나가준다고! 이렇게 해도 되겠지, 애들아?"

""""하앗!""""

""""오오오오오~~~!!""""

『붉은 맹세』의 선창과 화답을 듣고 기쁨의 탄성을 내지르는 노인들.

모두의 의견에 동의하면서도 마일은『붉은 맹세』가 먼 곳에 거점을 둔다고 해도 자기 혼자라면 어떻게든 된다고 생각했다.

중력을 제어해『수평 방향으로 떨어지는』거친 기술을 쓴다면 말이다…….

과연, 그 이동 방법으로 레나 일행을 옮기는 건 자중할 생각이다.

……그러나 일주일 정도 되는 조금 긴 휴가 때 혼자 와서, 항구 도시에서 C등급 상위나 B등급쯤 되는 헌터를 네다섯 명 고용하면 배 한 척 정도는 괜찮을 것이다.

게다가 마일의 치유 마법은 필시 이 세계에서 최고의 실력을 자랑할 터였다. 만약 고용된 헌터가 바다 마물한테 팔을 물려 뜯긴다고 해도 어떻게든 수습되겠지.

그만큼 큰 부위 결손이라면 완치까지 한 달 정도 걸리겠지만,

시원찮은 치유 마법밖에 못 받는 경우에는 단순 골절, 인대 손상, 내장 손상 등에도 어느 정도 안정 기간이 필요한 만큼 불평할 사람은 아무도 없을 것이다.

……아니 오히려 눈물 흘리며 고맙다고 하겠지.

다만 부위 결손을 고쳐준다는 것은『그 소문이 주위에 퍼졌을 때』의 성가심을 동반한다.

'그때는 부위 결손 목격자들을 전부 단단히 입막음하고, 다친 모습을 남들이 보지 않도록 그 파티를 즉시 한 달가량 원정 나가게 한다거나……. 그리고 부상자는 다른 파티 멤버가 돈 벌러 간 동안 숙소 안에만 있게 하면……. 아, 그동안에는 변장도 시킬까. 그리고 다 나은 다음에 태연한 얼굴로 합류하게 하면 되지. 우리 『붉은 맹세』는 멀리 떠난 걸로 되어 있고 난 광학적으로 변장할 수 있고 나와의 계약은 길드를 통하지 않고 의뢰주와 직접 계약하는, 자유 의뢰로 하면 문제없을 거야. 어촌 사람들이 내 정보를 팔 리도 없으니까……. 만약에 정보가 새어 나간다면 이곳에 두 번 다시 안 오면 그만이야. ……으~음, 하지만, 귀찮을 것 같은데. 부위 결손 부상자가 나오면……. 절대 중상자가 나오지 않게 해야겠어…….'

까마득한 미래의 일까지 생각하면서 이래저래 고민에 빠진 마일이었는데…….

"……뭐, 앞날은 그때 가서 고민해도 되겠죠. 그전에 상황이 바뜰 수도 있는 거고. 그때까지 질질 끌면서 고민하는 것보다 고민은 그 며칠 전에 하기로 하고 그전까지는 즐거운 생각만 하는 게 좋죠!"

"……너, 또 말도 안 되는…….”

"마일 짱, 무슨 생각을 했는지는 모르겠지만, 약속은 그게 실현될 가능성이 있을 때만 하는 거야!"

"마일…….”

세 사람이 수상한 눈초리로 쳐다보자 고개를 숙이는 마일.

"좌, 좌우지간 『제2차 공격대 발진이 필요함』이라는 건 잘 알았습니다. 그때가 오면…… 아, 그런데 2, 3일 후라든지 4, 5일 후에 오긴 힘들어요!"

"""""…………."""""

"아악! 당신들, 왜 시선을 피해?! 그리고……. 그렇게 연속해서 대량으로 납입하면 상업 길드가 힘들지 않겠어?! 다 매입 못 한다고! 적어도 이번에 납입한 분량이 전부 팔리고 소매 단계까지 전부 소비되어서 시장이 다음 입고를 받아들일 수 있게 됐을 때 해야지! 힘들게 잡아 온 바다 마물이며 생선을 아깝게 썩힌다면 어부의 긍지에 손상이 가지 않을까?"

"윽, 그건, 그렇지…….”

마일의 지적에 동공 지진이 나 있는데 레나가 그렇게 꼬집자, 노인들은 그 말을 인정할 수밖에 없었다.

레나가 말한 대로 과연 그것은 어부로서 허용이 안 되는 부분이었다.

바다 마물은 둘째 치고 일반 생선은 어부들에게 자신들이 살기 위해 『귀한 목숨을 감사히 받는 존재』다. 그런 목숨을 헛되이 하다니 절대 용납할 수 없겠지.

……그리고 레나, 헌터 길드에는 별로 배려하지 않으면서 상업 길드는 잘도 배려하고 있다.

『붉은 번개』가 무너진 이후 소녀가 홀로 헌터로 살아가기 위해 허세 부리고 공격적일 수밖에 없었지만, 그런 레나는 사실 남을 배려할 줄 아는 아이겠지.

……레나를 무시한 자, 자기가 적이라고 판단한 사람 이외에는 말이다.

노인들은 거듭 고맙다고 인사한 후 마을로 돌아갔다.

마일은 거금을 챙겨 돌아가는 노인들에게 혹시라도 무슨 일이 생길지 몰라 마을까지 호위해 줄지 고민했는데, 그럴 필요는 없었다.

마일 일행은 노인들이 사냥감을 팔고 받은 돈을 마을까지 가지고 갈 줄 알았는데, 그들이 말하길 『그런 멍청한 짓은 안 한다』라는 것이다.

마을에서는 화폐를 주고받는 매매가 거의 이루어지지 않는 모양이었고, 마을 사람들은 대부분 여기 항구도시에 왔을 때만 화폐를 쓰는 듯했다.

그럼 오가는 길에 푼돈을 노린 불량배들과 엮이지 않으려면 어떻게 해야 하겠는가.

······그렇다, 상업 길드에 계좌를 만들어서 돈을 넣어두면 된다.

노인들의 개인 계좌 그리고 마을 공동명의로 된 계좌. 각각 입금해뒀다가 항구도시에 왔을 때 필요한 만큼만 빼면 그만이다.

이번에 마을 공동명의 계좌 쪽에 입금한 돈은 마을 사람이 번 돈의 일부를 마을 운영비로 넣는, 이른바 주민세 같은 것이었다. 여기서 영주님께 내는 세금과 마을 운영에 필요한 자금이 나간다.

보존성 좋은 밀로 물납할 수 있는 농촌과 달리 어촌은 날생선으로 물납할 수 없으므로, 그런 면에서 이런저런 사정이 있었다.

"아~ 이렇게 해서 한 건 처리됐네요. 이젠 몇 개월에 한 번씩 먼바다에 나가서 잡아오면······. 다음부터는 이번처럼 대량이 아니라 적당히 잡으면 되겠죠. 마을 노인들이 한 바퀴 싹 돌면 열광하는 것도 좀 가라앉을 테고······."

숙소로 돌아가며 그런 말을 하는 마일이었는데······.

"그럴까······?"

"정말 가라앉을까요······."

"마일, 넌 인간을 몰라······. 뭐, 새삼스러운 얘기지만······."

마일의 낙관적인 말에 회의적으로 중얼거리는 메비스 일행.

그렇다. 마일은 전생 때도 그렇고 이번 생도 그렇고 남의 생각을 미루어 짐작하는 것에 약했다.

그렇게 숙소로 돌아오니······.

"앗, 어서 오세요! 오늘은 뭐 잡으셨어요?!"

"아~······."

"있었네요, 이 녀석이……."

"완전히 잊고 있었어……."

"이번 일의 원흉……."

"""""알리……."""""

"이번엔 길드에서 받은 의뢰가 아니라 우리끼리 그냥 잡은 거야. 우리가 가진 장비로는 부족해서 같은 숫자의 서포트 요원이랑 이동 수단 제공을 의뢰했기 때문에 그 사람들에게 지급할 의뢰비랑 이동 수단 대절 비용에다가 잡은 사냥감의 절반까지 줘서 우리는 아주 살짝 흑자였달까."

이번에는 의뢰받은 게 아니라 『붉은 맹세』가 의뢰한 쪽이다. 심지어 길드를 끼고 한 것도 아니며, 의뢰 상대는 헌터가 아니라 일반 마을 사람이다.

그래서 의뢰비를 내는 쪽은 『붉은 맹세』였다.

또한, 실제로는 자신들의 몫을 아직 팔지 않았기 때문에 선불로 낸 돈만 줄었을 뿐 현시점에서는 완전한 적자다.

하지만 노인들이 대량으로 사냥감을 판 지금, 이곳에서 팔아넘기는 건 악수이기에 당분간은 마일의 아이템 박스에서 거름이 될 예정이었다.

노인들이 판 몫이 전부 소비되어 시장이 회복하더라도 그때쯤이면 또 노인들이 『슬슬 다음 출격을……』 하고 나올 게 뻔했으므로, 마일 일행이 재고를 처리하는 것은 다른 도시로 이동한 이후가 되지 않을까.

……임무 내용을 남에게 일일이 다 말해줄 의무는 없다. 그래서 일반적으로 헌터는 아무 상관도 없는 사람에게 그런 것을 가르쳐주지 않는다. 설령 자신들이 멋대로 벌인 일이고 의뢰자가 없는 경우라 할지라도.

그런데도 그런 부분에 있어『붉은 맹세』멤버 중 가장 까다로운 레나가 말했다는 건…….

그렇다,『사냥감의 절반은 이미 시장에 나와 있다』, 그리고『이미 가격이 하락해 지금부터는 장사에 재미를 볼 수 없다』라고 생각하게 만들기 위해서였다.

덤으로『어부』와『배』를,『서포트 요원』과『이동 수단』이라는 단어로 바꿈으로써 이번에 잡은 사냥감이 무엇이었는지 숨겼다.

"으에에에엣! 그러면 내 몫은……."

"내가 알 바야?! 애당초 왜 우리가 너한테 좋은 물건을 싸게 팔 거라고 생각해? 헌터 길드에 납품하면 훨씬 비싼 데다 공적 포인트까지 받을 수 있는데 말이야……. 우리가 길드가 아닌 너한테 파는 건 길드보다 비싼 값에(공적 포인트를 못 받는 것까지 쳐서), 길드 마스터가 제한한 판매량을 넘지 않는 선에서, 그리고 바로 현금을 받을 수 있을 때만이야. 길드가 끼지 않는 만큼 후불 같은 건 떼먹힐 위험이 있으니 안 되고."

그리고 레나에 이어 폴린이…….

"메비스와 마일 짱이라면 모를까 상가의 딸인 저와 행상인의 딸인 레나는 그렇게 만만하지 않답니다. 저희와 같은 또래에 여자 혼자 열심히 하려고 하는 모습을 보면 조금 도와주고 싶은 마음이 안 생기는 것도 아니지만, 그렇다고 해서 규칙을 어기고 어리광 부리는 건 안 될 말이죠. 그건 본인한테도 좋은 일이 아니니까요. 그리고 저희라는 존재를 전제로 한 장사도 안 돼요. 저희가 이 도시에만 계속 있는 것도 아니니까, 저희를 전제로 깔고 장사하는 건 가게 오픈 자금을 벌기 위해, 처음에 딱 한 번 정도라면 몰라도, 계속 그래서는 안 돼요. 그런 장사, 오래 유지될 리도 없고요. ……또 저희한테서 물건을 파격적인 가격에 사들이겠다는, 저희를 완전히 무시하는 방식은 도저히 받아들일 수 없어요. 저희도 바보가 아니거든요. 팔기 전에 근방의 시세 정도는 확인해요. 못 팔겠다는 건 아닌데, 저희가 파는 가격은 어디까지나 시세가, 거기에다가 길드에서 주는 공적 포인트를 못 받는 만큼 더 치니까 길드를 경유해서 사는 거랑 별반 다르지 않거나 좀 더 가격이 올라가요."

"으에엣! 그, 그럼 이득이 하나도 없잖아요!"

"아니 원래 다 그런 건데요. 그렇게 집요하게 달라붙으면 상대가 나가떨어져서 적자 가격에 물건을 팔아주는, 그딴 성공 경험을 시킬 것 같아요? 그랬다간 당신도 다른 사람들도 저희한테 계속 달라붙을 텐데!"

"으……."

과연 레나의 말에 반박할 수 없는 듯한 알리.

"뭐, 어쨌든 아는 사이 정도는 됐으니까, 우리가 손해 보지 않으면서 그럭저럭 돈이 되고 바보로 여겨지지 않고 다른 사람들이 몰려와 우리한테 피해주는 일도 없이 네가 돈을 벌 수 있는 좋은 생각이 있다면 거래해 줄 수도 있지만 말이야. 아무 생각도 없이 그냥 물건을 구해서 닥치는 대로 팔아 돈을 벌려고 하는 건 무능한 상인이야. 그렇게 하면 물건을 사주는 거래처의 이익만 빼앗는 거고, 그럼 그곳은 다른 거래처를 찾자마자 거래를 끊어버리겠지. 자신과 거래처 모두에게 이익이 되면서 꾸준히 유지할 수 있게 장사해야지……. 상인이라면 머리를 좀 써. 스스로 생각해. 네 목 위에 달린 게 뭐야? 그냥 장식품이니?"

"…………."

타다닥!

알리가 고개를 푹 숙이더니 아무 말 없이 뛰쳐나갔다.

"앗, 도망쳤어요……."

"역시 햇병아리 상인으로서 방금 그 말에 타격이 왔나 보네……."

"저 알리가 마지막 한 마리라고는 생각되지 않아……."*

"저런 게 몇 마리나 있을 리 없잖아요!"

그리고 마일의 말장난을 잘 받아주는 레나.

마일, 좋은 동료를 두었다…….

"또, 올까요……?"

"오면 어떤 방안을 생각했는지 물어보자. 안 오면, ……그 애는 거기까지인 것뿐."

---

*영화 『고질라』(1954)의 명대사.

"".............""

레나의 말에 알겠다는 표정을 짓는 마일 일행.

아무리 뻔뻔해도 혼자 애쓰는 소녀를 괴롭게 만들고 싶지는
않다.

다들 어린 여자 혼자 노력해서 출세하는 것이 얼마나 힘들고 어
려운지 충분히 알고 있었다.

이상한 놈들이 꼬이지 않게 하려고, 헌터 양성 학교에 입학하
기 전까지 메비스는 남자처럼 행동했고 폴린은 순진한 척하면서
엉큼하게 굴었고 레나는 허세 부리고 우쭐대며 다녔다.

……지금과 크게 다르지 않다…….

여하튼 어쩌면 자신은 표준 규격에서 **아주 약간 벗어나 있을지
도 모르겠다**고 생각하는 레나 일행은 상대가 악당이 아닌 이상
『조금 이상한 소녀』에게는 관대했다.

게다가 한번은 마일의 제안을 받아들여 서비스 해주기로 결심
했던 상대이기도 했다.

그래서 아무리 그럴 의무는 없다지만, 자신들의 실수 때문에
그 서비스가 수포가 된 이상, 나름대로 추가 조치를 기꺼이 해줄
생각도 있었다.

……단, 그것을 받기에 어울리는, 상인으로서의 의지와 재능을
보여줬을 때의 이야기지만.

'기다릴게요, 알리 씨…….'

속으로 슬쩍 그렇게 중얼거리는 마일이었다…….

35

                    *   *

  그로부터 보름 동안.

  상업 길드에 판 것은 차치하고, 어촌에서 자기들 몫으로 남긴
생선은 이미 다 먹었거나 장기 보존하기 위해 바짝 말렸거나 아
니면 다 못 먹고 썩혀 버렸으리라.

  그래서 마일은 동료들과 어촌에 가보기로 했다.

  ……자기 능력을 마음껏 발휘하기 위하여…….

  아마도 처음에 일주일은 마을 사람들은 상업 길드에 팔지 않고
남긴 대량의 생선을 그냥 굽거나 쪄서 먹으면서, 반건조 또는 완
전건조한 건어물을 만들었을 것이다.

  그러다 굽고 찐 생선의 섭취 가능 기간이 한계에 도달한 후부
터는, 그리 오래 보존할 수는 없어도 날것 그대로 두었거나 굽고
찐 생선보다는 조금 나은 수준의 반건조(염분은 많이 수분은 적
게 말려 최대한 보존성을 높인 것)를 먹었고, 수분을 완전히 없
애 바짝 말린 것(완전건조)은 먹지 않고 보존식으로 보관했을 것
이다.

  요컨대 마을 사람들이 마음껏 생선을 먹을 수 있었던 기간은 처
음 며칠뿐, 그 후부터는 건어물을 먹었고 일주일이 지나고 나서
는 평소의 식생활로 돌아갔으리라고 짐작했다.

  ……사실 짐작이라기보다는, 마일이 은밀히 어촌을 찾아가 확
인한 결과다.

그래서 마일은 고민했다.

처음에는 풍어에 열광하느라, 또 건어물을 만드느라 마을이 시끌벅적 정신없고 자기들이 원하는 대로 하고 싶을 테니 아무 간섭도 하지 않았다.

그러나 생선 잔치가 끝난 지 일주일이 지난 지금 마을 사람들이 생선 로스, 그러니까 초고급 생선을 실컷 먹던 나날을 그리워하며 생선에 굶주려 있지 않을까 하고……

어촌 사람들이 생선에 굶주렸다는 말은 다소 이상하게 들리겠지만, 일주일 동안 마음껏 먹은 것이 내해에서 잡히는 자잘한 생선이 아니라 무려 은백색 연어와 청새치와 무지갯빛 다랑어였다.

아주 드물게 내해를 헤매다 잡힌 적은 있지만 그런 일은 몇 년에 한 번 있을까 말까, 하는 거대 초고급 생선……

물론 그 생선은 마을 사람들 입에 들어가지 않는다.

상품 가치가 높은 생선은 시내에 나가 팔고, 자신들은 상품 가치가 떨어지는 생선을 먹는 게 어촌 사람들의 상식이었다.

하지만 싼 생선이라고 꼭 맛이 없는 것은 아니다.

보기에 볼품없고 맛에 특징이 있어 호불호가 갈리고 독주머니나 가시를 조심해서 제거해야 해 초보자에게는 맞지 않는다는 등의 이유로 시내에 팔지 않고 전부 마을에서 먹을 뿐이다.

그중에는 시내에 비싸게 팔리는 것보다 더 맛있는 생선도 있었다.

……그래도 역시 은백색 연어, 청새치, 무지갯빛 다랑어는 격이 다르다.

상업 길드의 처리 능력 그리고 인근 마을까지 포함해도 소비 한계를 뛰어넘는 양이 분명했기 때문에, 다 팔지 않고 마을 사람들끼리 먹으려고 남겨둔 대량의 초고급 생선.

　마을에는 아이들은 당연하고 어른 중에도 이 생선을 이번에 처음 먹어보는 사람마저 있었다.

　먹은 적 있는 사람도 맛보기로 아주 조금만 입에 대봤을 뿐이다.

　……그런 생선을 무한정 먹을 수 있는 것이다.

　어차피 다 못 먹으면 썩는다.

　그래서 먹다가 배가 터질 것 같으면 부두에 나가 목구멍에 손가락을 집어넣어서 바다에 대고 토했다.

　어촌에는 생선 살을 함부로 버리는 사람이 없다.

　토사물은 작은 생선이 먹는다.

　그 작은 생선은 큰 생선의 먹이가 된다.

　그러면 게워진 생선도 쓸모를 다하는 셈이니 바다의 신이 노할 일이 없다.

　……그렇게까지 해서 계속 먹으려고 드는 심리가 궁금하지만, 하긴 지구에서도 권력자가 계속 토해가며 며칠씩 초고급 요리를 먹었다는 사례는 많다.

　인간한테 『사치스러운 식사』란 그런 거겠지…….

　그리고 마일 일행이 지금 어촌으로 향하는 이유.

　그렇다, 초고급 생선이 바닥나고 일주일이 지난 지금, 마일이 마을 사람들에게 힘껏 때려 넣으려 하는 것이다.

　마일이 혼신을 다해 만든 생선 요리들을…….

어촌에서는 요리에 그다지 공들이지 않는다.

생선은 거저 얻을 수 있는 식재료고, 잡어는 별로 정성 들여 요리할 가치가 없다.

장시간 삶고 구우려면 장작과 수고와 시간이 필요하고, 향신료 같은 비싼 재료는 쓸 수 없다. 그래서 간은 소금으로 맞추고 굽는 것도 찌는 것도 최대한 빨리 끝낸다. 『푹』이라든지 『장시간 삶아서』 같은 개념은 없다.

그렇다. 그런 곳에 마일이 난입하려고 하는 것이다.

*　　*

"으에엣, 아가씨들이 우리한테 생선 요리를?"

마일 일행이 제안하자 촌장이 예상보다 더 많이 놀랐다.

뭐, 말이 『여러분』이지 마일이 셰프(주방장), 폴린이 수세프(부주방장), 메비스는 생선 손질을 맡고 레나는…… 배식 담당이었다.

"아니, 아마추어가 어부들의 마을에서 생선 요리를 해주겠다는 건 좀 무모하지 않은지……. 우린 생선에 대해 빠삭하고 매일 손질해 먹는걸? 너무 많다거나 덜 유명하다거나 생김새가 볼품없다는 이유로 상품성이 없을 뿐이지 실은 맛있는 생선이라든지, 도시 사람들이 버리는 내장에서 맛있는 부위라든지 뭐든 다 안다고……. 또 식칼 다루는 법도 생선과 관련된 것에 한해서는 전문 요리사한테도 지지 않아. 그런 우리 어부들한테 맛있는 생선 요리를 대접하겠다니, 아무리 아가씨들이라도 무모하달까, 허세가 과하지 않나!"

아무리 마일 일행에게 큰 은혜를 입었어도 자존심이라는 면에서 물러설 수 없는 듯했다.

"후후훗⋯⋯. 그렇게 말씀하셨죠? 한 시간 후에 마을 분들 모두 해변에 모아 주세요!"

"아~, 뭐, 그거야 딱히 상관없지만⋯⋯."

의욕 때문에 눈동자가 활활 불타오르는 마일.

촌장은 은혜를 베풀어 준 마일 일행의 뜻을 조금쯤 따라줘도 마을 사람들이 딱히 뭐라고 하지 않으리라는 점, 그리고 다 먹어서 마을에 없는 초고급 생선의 『붉은 맹세』 몫을 먹을 수만 있다면 요리 실력이 다소 나쁘더라도 괜찮다고 생각하고 받아들였다.

속으로 몰래, 너무 맛이 없어도 칭찬해 주자고 마을 사람들에게 말해야겠다고 다짐하면서⋯⋯.

* *

"2주 동안 잘 지내셨나요! 오늘은 저희가 만드는 다양한 생선 요리를 마음껏 즐겨 주세요!"

한 시간 후 『붉은 맹세』와 마을 사람 거의 전원이 해변에 모였다.

즐길 거리가 별로 없는 작은 마을이기도 하고, 공짜 요리를 먹을 수 있다면 얼마든지 대환영이었다.

평소에 접하기 힘든 독특한 요리라면 더욱 그런데, 심지어 귀여운 소녀들이 직접 해주는 요리가 아닌가.

남자들은 영유아 빼고 모두 참석했다. 여자들도 아기를 돌봐야 하는 사람 말고는 거의 다 나왔다.

　"……그럼 알레 뀌진(요리 시작)!"

　쿵쿵, 수납(아이템 박스)에서 나오는 은백색 연어, 청새치 그리고 무지갯빛 다랑어.

　미리 내놓고 있지 않았던 건 물론 임팩트를 중요하게 생각했기 때문이다.

　요리는 맛, 냄새, 식감, 외형 같은 요소도 빼놓을 수 없지만, 무엇보다도 중요한 것은 『두근두근 설레는 마음』이다.

　분위기, 기대감, 설렘은 식사의 즐거움을 몇 배나 끌어 올려 준다.

　그리고 메비스가 애검으로 거대한 생선을 멋지게 토막 냈다.

　……물론 나노머신에 의해 『세계에서 4~5위 안에 들 만큼 칼이 잘 드는 모드』 상태였다.

　마일은 생선을 썰기 위해 검을 『진지 모드』로 만드는 것을 나노머신들이 꺼릴 줄 알았는데, 최근에 나설 일이 적어져서 그런지 몰라도 왠지 신난 느낌으로 받아들였다.

　마일도 할 수 있는 일이긴 하지만, 역시 메비스가 맡아야 그림이 좋고 활약할 장면을 빼앗기도 그래서 이런 역할은 메비스에게 맡기고 있다.

　어느 정도 알맞은 크기로 썬 다음에 마일이 이어받았다.

　퍼포먼스를 위해 생선 자체는 지금 요리를 시작했지만, 한 시간 정도 미리 기름을 끓여둔 냄비라든지 이런저런 준비를 마친 상태였다.

그리고 수납에는 중간까지 조리해 둔 것과 이미 완성한 요리도 들어 있었다.

천하의 마일도 마을 사람 모두가 먹을 분량을 지금부터 만들기 시작할 만큼 도전정신이 강한 사람은 아닌 듯하다.

"자, 튀김, 나왔습니다!"

"튀김, 완성!"

"스테이크, 나왔습니다!"

파된장구이, 향초 프리또, 허브빵가루구이, 포일구이, 뫼니에르, 생선양념구이, 생선야채된장구이, 크림찜, 갈릭볶음, 치즈까스, 생강구이, 타츠타아게, 소테, 조림, 어묵튀김, 토마토찜, 기타 등등…….

냄비며 프라이팬이며 그릴이며, 또 수납에서 잇따라 나오는 온갖 생선 요리.

멈추지 않고 계속 제공되는 생선 요리와 그것들을 쉬지 않고 닥치는 대로 위장에 담는 마을 사람들.

""""맛있어!""""

모두의 목소리가 저절로 겹쳤다.

"이게 뭐야, 대체!"

"엄마! 이 맛이랑 만드는 방법, 기억해 줘!"

"믿을게!"

마을 사람이 평소 쓰기에 가격 면에서 좀 어려운 감이 있는 향신료라든지, 마일밖에 못 만드는 된장과 간장이 들어가는 요리는 완벽하게 재현하기 힘들 수도 있지만, 특별한 조미료가 들어가지 않는 요리도 많이 있다.

그리고 구할 수 없는 조미료가 들어가는 요리라 할지라도 그런 맛, 그런 조리법이 있다는 것을 알면 대체품을 활용해 비슷하게 만들 수 있을지 모른다.

커피가 없으면 민들레 뿌리를 넣으면 되고, 찻물이 없으면 옥수수수염을 쓰면 그만이다. 간장이 없으면 생선장을 쓰면 되고.

요리는 곧 창의력과 아이디어.

똑같은 요리라도 백 명의 요리사가 있으면 백 가지 레시피가 나온다.

내해에서 잡은 작은 생선으로도 다양하게 변주된 요리가 나올 수 있겠지.

그리고 또 언젠가 외해에서 대물을 낚는 날도 오고…….

부모와 함께 온 아이들도 신나게 떠들며 음식을 먹었다.

보아하니 식사라는 행위를 단순한 영양 섭취, 배곯지 않기 위해, 죽지 않기 위해 필요한 작업으로 여기는 것이 아니라 다소의 수고와 연료비, 조미료값이 들더라도 맛있는 음식을 만들고 식사를 즐긴다는 생각이 뿌리내리려 하는 듯했다.

그 모습을 다정한 눈빛으로 지켜보는 마일 일행.

"……음?"

그때 마일 일행은 어쩐지 낯익은 것을 발견했다.

즐겁게 생선 요리를 먹는 어른과 아이들 속에 있는, **어떤 것**을…….

마을 사람 사이에 섞여 일사불란하게 생선을 뜯어 먹고 있는 그 인물은…….

"""""알리!"""""

……그렇다, 마일을 비롯한 『붉은 맹세』를 이용해 돈 벌려고 잔머리 굴리다가 모두에게 비난받고 황급히 줄행랑쳤던 신출내기 상인 소녀였다.

"저 녀석, 공짜 밥 먹으려고 마을 사람들 틈에 끼어서……."

"또 이상한 잔머리라도 굴리고 있겠죠! 쫓아내 버려요!"

그렇게 말하고 알리가 있는 곳으로 가려는 레나와 폴린을 메비스가 말렸다.

"아니 그냥 맛있는 요리를 먹고 있는 것뿐이니 내버려두자."

"그래요. 그리고 일부러 어촌까지 왔으니까, 뭔가 장사가 될 만한 아이템이라도 찾는 게 아닐지……. 상인으로서 혼자 힘으로 열심히 하려는 것 같으니까, 조금은 관대한 눈으로 지켜봐도 되지 않을까요? 일단 가만히 내버려두기로 해요."

"……그것도 그러네……."

"뭐, 다들 그렇게 말한다면……."

메비스와 마일의 말을 받아들인 레나와 폴린.

역시 모두 이러니저러니 말은 해도 착한 사람들이었다…….

*　　*

사냥감을 납입한 후 헌터 길드 지부의 음식 코너에서 식사하며 이야기를 나누고 있는『원더 쓰리』.

"늦네요, 아델 짱……."

"그러니까요……. 그래도 곧장 왕도로 가는 게 아니라 도중에 있는 마을에서 잠시 머물거나 의뢰를 받으면서 이 근방의 상황을 확인하며 천천히 이동하는 중이라면 다소 시간이 걸려도 별수 없죠. 그리고 저희가 경솔하게 움직였다간 또『동쪽으로 가는 여행』을 되풀이할 가능성이……."

""아~…….""

마르셀라의 지적에 지긋지긋하다는 표정을 짓는 모니카와 올리아나.

그렇다. 마일(아델) 수색 여행을 떠난『원더 쓰리』는 주요 가도를 따라 이동했는데, 시골 마을의 의뢰를 해가며 샛길을 따라 왕도로 향하던『붉은 맹세』와 완전히 엇갈려 쓸데없이 시간만 허비한 것이다.

그것도 청정마법과 세정마법, 아이템 박스 등 편리마법을 배우기 전에 말이다.

그 냄새 나고 비위생적이고 소녀의 존엄성이 짓밟힌 고난의 여행…….

이젠 괜찮지만, 그래도 그날들을 떠올리면 지금도 진절머리가 난다.

"좌우지간 이 마을은 왕도 바로 근처니까요. 일 때문에 오는 왕도 출신 헌터한테『왕도의 길드 지부에 상식에서 벗어난 어린 여성 4인조 파티가 나타나지 않았는지』물어보면 만에 하나 다른 루트로 왕도에 들어갔어도 바로 파악할 수 있으니까 안심할 수 있어요."

""네!""

그 말을 들은 주위 헌터들 모두 이렇게 생각했다.

((((((『상식에서 벗어난 어린 여성 3인조 파티』라면 여기 있는데 말이지…….))))))

제133장　그 무렵, 구대륙에서는······

"적의 모습은 보이지 않습니다!"

"좋아, 잘 따돌린 것 같네. 그럼 이대로 돌아가자."

"""""하잇!"""""

그제야 한숨을 내쉬며 안도한 표정을 짓는 『여신의 종』의 다섯 멤버.

마물한테 쫓기던 것은 아니다.

······물론 쫓기던 건 맞지만. 약혼을 강요하는 무리들에게······.

그렇다. 그때 이세계에서 침공한 마물들과의 전투에서 비범한 전투 능력이 전 대륙의 하늘에 비쳤던 『여신의 종』은 귀족과 상인들의 전속 헌터 권유, 헌터 동료들의 파티와 클랜 권유, 교제 또는 약혼을 강요하는 무리의 쇄도에 마음 편히 마을을 걸어 다닐 수도 없는 지경에 이른 것이다.

귀족과 상인들이 보낸 심부름꾼은 마을에 있을 때만 찾아오는 반면 헌터들은 일을 맡아 숲에서 활동하고 있을 때도 우연을 가장해 다가와서 자꾸 따라다녔다.

사냥과 채취에 방해되기도 하니, 이보다 더 성가신 일이 없을 것이다.

"헌터 녀석들, 파티 통째로 합치자고 하면 또 모르겠지만, 그렇게 하면 인원이 너무 많아지니까 『여신의 종』을 해체해서 여러 파티에 분산시키자니, 뭔 말도 안 되는 소릴 지껄이는 거야! 우리는 『붉은 맹세』 애들처럼 각자 빼어난 능력이 있는 것도 아닌데. 다들 지극히 평범한 능력밖에 없다고. 그런 서로의 능력을 잘 숙지한 팀워크를 통해 모두의 능력을 몇 배나 증폭시킨 것이야말로 우리의 강점이잖아. 그런데 파티를 해체해 나누자니? 그랬다간 모두 평범한 C등급 하위, 밑바닥 헌터가 될 뿐이라고! 그 녀석들, 아무것도 몰라! 아무것도 모른다고!"

그렇게 푸념하는 테류시아였는데…….

"뭐, 그래도 리트리아보다는 낫겠지…….'

"«««…………."»»»"

필리의 말에 뭐라고 형용할 수 없는 얼굴로 입을 다무는 멤버들.

그렇다. 나노머신의 중계에서 『여신의 종』 가운데 제일 눈에 띄었던 리트리아.

거대한 금쇄봉을 휘두르고 공격 마법을 난사하며 마물들을 쓰러트리는 가련하고 귀여운 귀족 소녀.

……그 강한 힘과 미모에, 그녀의 피를 일족에게 물려주고 싶어진 귀족과 왕족들로부터 맹공이 시작되면서, 한가하게 헌터 활동을 할 때가 아니게 된 지금 일시적으로 파티에서 나간 상태였다.

리트리아가 가입하면서 극적일 만큼 전투력이 향상되었던 『여신의 종』 입장에서는 타격이 상당히 컸다.'

공격계 마술사가 있는 편리함에 완전히 익숙해져 버린 것이다.

"······리트리아, 복귀할 수 있으려나······. 설마 이대로 약혼하고 결혼해서 은퇴한다거나······."

"만일의 사태 땐 공격계가 장기인 마술사를 모집할까?"

"안 돼!"

위리누와 타시아의 말을 부정하는 테류시아.

"지금 멤버 모집 따위를 했다간 누군가의 입김이 들어간 자······ 왕도 마술사라든지 귀족이나 대규모 상회의 전속 마술사라든지 상급 헌터 파티 멤버 같은 자를 우리한테 보내서 내부적으로 와해시키거나 멤버를 빼가려고 할 거라고."

"""""아~······.""""""

"어쩔 수 없어. 리트리아가 혼담을 거절하고 무사히 돌아오기만을 빌면서 당분간은 의뢰의 난도를 낮춰 버티는 수밖에."

"""""············.""""""

『여신의 종』, 고난의 나날이었다······.

＊　　＊

"······전달 사항은 이상입니다. 그럼 저는 이만."

"아, 네, 감사합니다······."

왕궁에서 온 사자가 돌아가고 아직 어리둥절한 표정인 모자.

······폴린의 어머니와 남동생 알란이었다.

사자의 전달 사항은 바로 폴린 폰 베케트 여백작이 마일레린 여백작, 레드라이트닝 여백작과 함께 **나라의 중요 임무** 때문에 장기간 국외 활동에 나섰으며. 만일의 경우에는 남동생을 후계자로 삼겠다는 취지의 지시서를 남겼다는 내용이었다.

"……누나가 죽거나 돌아오지 않으면 내가 백작가 후계자……. 이런 내가, 백작. 귀족이……. 후후. 우후후후……."

"으아앗, 알란이 다크사이드 포스에 빠지고 있어! 얘야, 알란, 정신 차리거라!"

퍽!

"……앗! 방금, 제가 무슨 짓을……. 아니, 저는 아버지가 남기시고 누나가 되찾아 온 이 상회를 지키고 키워나가야 하는데……."

겨우 타락하지 않고 끝난 듯하다.

＊　　＊

"멈춰라!"

"어맛?"

왕도 뒷골목을 혼자 걷던 모레나 왕녀는 느닷없이 수상한 남자들에게 포위당했다.

총 여섯 명. 누가 봐도 악당 같은 남자들이었다.

지금 모레나 왕녀는 잠행 중이라 평민 복장을 하고 있었다.

머리 모양이나 풍기는 기품 등으로 볼 때 상류 계급 사람이라는 건 빤했지만 그래봐야 돈 많은 상가의 딸 아니면 하급 귀족이 거느린 애첩의 딸쯤으로 여겼으리라.

하층민은 왕녀 전하의 얼굴을 가까이에서 볼 기회부터 없으니…….

따라서 왕녀를 노린 것이 아니라, 단순히 호위도 없이 이런 곳을 어슬렁거리는 멍청한 부잣집 딸이라며 납치할 속셈이겠지.

몸값을 노린 건지 인신매매인지 그 목적은 모르겠지만.

여하튼 소녀 한 명에 여섯 명이 붙은 것이다. 불량배의 푼돈 벌이가 아니라 거금을 노리는 것은 틀림없었다.

"헤헤헤, 이런 데를 혼자 돌아다니다니, 아가씨가 그러면 쓰나. 운이 나빴다고 생각하고…….”

"돌격!"

""""""""우오오오오오~~옷!""""""""

""""""""……앗?""""""""

어안이 벙벙한 얼굴로 그 자리에 멈춰 선 납치범들.

그것도 무리는 아니다.

아무도 없었던 것이다. ……소녀 이외에는.

그런데 아무것도 없던 곳에 난데없이 검을 든 병사들이 나타나더니 소녀의 명령에 따라 자신들에게 달려든 것이다.

퍼퍽쿵쾅쿵!

납치범들은 현명하게도 무기를 뽑지 않았다.

그 덕분에 병사들은 그들을 베지 않고 검배(검의 평평한 옆면)로 때리는 『평타』와 칼자루로 구타하기 그리고 발차기로 공격할 뿐, 죽이지는 않았다.

그만큼 여유가 있었다.

만약 납치범들이 무기를 들었다면 망설임 없이 베었겠지.

……물론 그걸 알았기에 납치범들도 무기를 뽑지 않고 저항도 하지 않았던 거지만…….

그렇게 여섯 명의 납치범을 포박한 후…….

"수고 많았어요. 임시 보상금은 기대해도 좋을 겁니다."

""""""""하앗~~~!""""""""

물론 아이템 박스의 조화다.

모레나 왕녀는 늘 1개 분대, 9명의 호위를 대동하고 있다.

……아이템 박스에 넣어서.

검을 들어 올린 자세 그대로 아이템 박스에 수납.

위험이 닥치면 그 상태로 꺼낸다.

꺼내는 건 교대할 때 아니면 적의 습격을 받았을 때뿐.

그렇기에 왕궁 근위대 초소가 아닌 다른 곳에서 밖으로 나왔을 경우, 검을 머리 위로 든 채 즉시 적에게 돌격할 뿐!

사실 사흘마다 교대하는 이 역할은 근위병들 사이에서 대호평이었다.

그도 그럴 게 체감하는 경과 시간이 제로.

영 점 몇 초도 걸리지 않았는데 사흘 치 임무가 끝나는 것이다.

그동안에는 나이도 먹지 않거니와 배도 고프지 않다. 가만히

앉아서 사흘 치 급여를 받는 것이나 마찬가지다.

또, 극히 드물기는 하지만 나설 일이 생겼을 경우, 『왕녀 전하를 적으로부터 지켜냈다』라는 명예와 임시 보상금 그리고 왕녀 전하가 내리는 치하의 말까지 받을 수 있다.

이렇게 편하고 좋은 임무란 그리 많지 않다.

그래서 희망자가 폭주했기 때문에 불공평하지 않도록 근무 스케줄을 꼼꼼히 짰던 것이다.

……한 번, 신대륙의 에스트리나 제3왕녀가 실수로 꺼내는 바람에 갑자기 나타나 자신에게 검을 휘두르는 아홉 명의 병사를 보고 기겁했고, 그녀의 비명을 듣고 뛰어온 그쪽 근위 기사들과의 사이에서 큰일이 벌어질 뻔했던 것은 웃지 못할 이야기다…….

제134장   뭔가가 왔다!

오늘은『붉은 맹세』의 휴일이다.

이 세상의 일반적인 휴일(지구의 일요일)이 아니라『붉은 맹세』가 마음대로 정한 자체 휴일. 요컨대 달력 속 휴일과는 상관없이, 연속으로 일한 후라든지 규모 큰 임무를 끝내고 나서 취하는 휴식이다.

가끔 달력상의 휴일과 겹칠 때도 있지만, 보통은 평일로 잡기 때문에 가고 싶은 가게가 휴무인 일이 없고 관광지도 붐비지 않는다.

이 근방에서는『휴일에는 손님이 많이 오니까 휴무는 평일로 정하자』하고 생각하는 사람이 없다.

휴일은 신이 그날 쉬라고 정한 날이기 때문이다. 그래서 그날 쉬지 않는 것은 헌터처럼 휴무일이 일정치 않은 자, 문지기나 경비병같이 교대 근무를 서는 사람 그리고 여인숙이라든지 연중무휴인 사람들뿐이었다.

휴일에는 의사와 약사도 쉬기 때문에 그날 크게 다치면 사망률이 올라간다. 그래서 위험한 직업을 가진 사람은 쉬는 것이 당연했다.

……헌터와 용병, 병사 등은 빼고.

그런 까닭으로.

"마일, 오늘 뭐 할 거야?"

"아, 네, 시장 구경이랑 상점 구경을 해볼까 싶은데……. 여기, 항구도시니까 각 지방의 상품을 많이 팔 것 같아서요. 구하기 힘든 식재료라든지 조미료, 흥미로운 도구 같은 게 없나 해서……."

숙소 식당에서 조식을 먹으며 레나에게 대답한 마일.

"아하! ……아니지, 오히려 그걸 노리고 이 도시를 임시 거점으로 삼은 거였죠……."

"뭐, 여러 가지 일이 있었으니까, 마물이라든지 수납마법 문제라든지 어촌 일이라든지……."

깜빡했다는 표정으로 그렇게 말하는 폴린과 메비스.

"여하튼 빠르게 한 바퀴 돌면서 눈에 띄는 물품의 시세를 확인한 다음 두 바퀴째에 대량 구매할 생각을 하고 있어요."

용량 무제한, 시간 정지 아이템 박스 보유자는 쇼핑할 때 대량 구매에 아무런 저항감도 주저도 없다. 만약 과하게 샀더라도 어느 날 어딘가에 가서 팔거나 보육원에 기부하면 그만이니까.

그리고 항구도시에서 사면 그곳에서 운송해 갈 내륙 쪽 도시에서 사는 것보다 쌀 게 뻔했다.

……판매자한테 속지만 않는다면 말이다.

한편 이미 잔뜩 비축해 둔 마물 고기와 생선만은 더 이상 사들일 생각이 없었다.

몇 개월만 지나면 또 대형 생선을 대량 입수한다는 걸 알고 있고, 외양에서는 잡히지 않는 종류의 어패류와 해조류도 여기가 아닌 다른 어촌에 가면 더 싸고 신선한 것을 살 수 있다.

　게다가 그편이 어촌 사람들의 수입도 더 늘어나겠지. 여기 상인한테 파는 것보다야…….

　"재미있겠다. 나도 따라……, 아니야, 역시 난 관둘래."

　자신도 따라가겠다고 말하려다가 생각을 바꾼 듯한 레나.

　"어차피 마일은 우리가 잘 모르는 걸 여유롭게 보고 싶을 거잖아. ……난 도서관에나 가야겠다."

　이 항구도시, 규모가 작은데도 무려 도서관 비슷한 것이 있었다.

　물론 왕도의 도서관처럼 으리으리하진 않지만, 비록 편수는 적어도 어쨌든 전국 각지에서 화물선이 오기 때문에 다른 일반 도시에 비하면 꽤 많은 책을 갖춘 모양이었다.

　배에서 심심풀이로 읽으려고 산 책을 팔거나 기증하는 사람이 많은 걸까 아니면 항구도시인 만큼 조사 등을 하기 위한 서적의 수요가 많은 걸까…….

　좌우지간 레나는 마일을 하루 따라다니는 것보다는 도서관 비슷한 곳에 가는 편이 더 유의미하다고 판단한 듯했다.

　"그럼 난 카페 가서 독서라도 할까……."

　메비스는 소설을 즐기는 레나와 달리, 시집이라든지 귀족이 갖춰야 할 교양을 깊게 배울 수 있는 책을 주로 읽었다.

　그리고 폴린은…….

　"저는 돈 세고 있을게요."

　""""……그럴 줄 알았지…….""""

　그리하여 혼자 가게를 도는 마일이었는데…….

　"별로 기상천외한 건 안 파네……."

　당연하다.

　잘 팔리는 상품이 아니면 장사가 되지 않고, 잘 팔린다면 그건 『기상천외한 상품』이 아니다.

　게다가 마일 일행은 이곳이 항구도시니까 과도한 기대를 품고 있는데, 이 근방의 외해에는 많은 종류의 바다 마물이 있기 때문에 지금의 조선 기술로 건조할 수 있는 몇 톤짜리 작은 목조선을 타고 외해에 나가는, 그러니까 다른 대륙과의 교역은 불가능했고 기껏해야 연안을 따라 화물을 옮기는 수준이었다.

　……그래서 이 대륙이 아닌 머나먼 타국으로부터 진귀한 물건들이 들어오는 일은 없었다.

　물론 화물선을 쓰면 짐마차를 이용하는 육상 수송과 비교할 수 없을 만큼 많은 물량을 싼 가격에 옮길 수 있다.

　비가 와서 도로가 진창이 된다거나 차축이 부러진다거나 바퀴가 망가지지도 않거니와 가파른 산악 지역도 바위밭도 도적도 없다.

　……아직은 해적이 생계를 유지할 만큼의 선박량도 아니고 연안을 따라 항해하는 배를 습격하는 것은 리스크가 너무 크다.

　그래서 이 나라에서는 확실히 너무 대량으로는 시장에 나오지 않는 것도 있긴 했지만, 그런 상품은 육로로도 수송되는 것이거나 그렇게 진귀한 것이 아니었다.

그리고 무엇보다도 치명적인 것은…….

"안 돼. 이 대륙에서는 아직 이 항구도시랑 어촌밖에 모르니까, 여기서는 씬데 내륙 지방에서는 비싼 품목이 뭔지 알 수가 없어…….”

해산물은 분명 여기가 더 쌀 것이다.

하지만 반대로 농산물은 해풍에 노출됐거나 바다 비말로 인한 염해 때문에 내륙 지방보다 비쌀지도 모른다.

육류도 그렇고…….

또 공예품이며 미술품, 옷, 공업제품 같은 것들도 왕도나 그 근처 대도시 쪽이 더 쌀지도…….

구대륙에서 마일 일행은 왕도에 살았기에 지방이나 다른 나라에 갔을 때『아, 이거 싸다!』하고 판단할 수 있었다. 하지만 여기서는 지방의 소도시, 그것도 항구도시라는 특수한 곳의 시세밖에 모른다.

……해산물 말고 뭘 사들이라는 말인가…….

그리고 해산물은 이미 넘칠 만큼 가지고 있고, 없는 것도 나중에 어촌에서 살 예정이었다.

"……적어도 다른 대륙에서 건너온 희귀한 품목이라도 있다면……!”

그렇게 바라는 마일이었지만 세상, 그리 호락호락하지 않다.

"으~음, 꽝인가……. 외양의 해산물은 넘치게 구해 놓았고, 어촌에 들러 얕은 바다에서 나는 해산물까지 사고 나면 더는 이 마을에 있을 이유가 없어……. 이 대륙의 상식도, 시골 출신이라 아직 세상 물정을 모른다고 둘러댈 수 있을 만큼은 익혔고, 역시 흥미로운 의뢰는 왕도가 아니면 별로 없으니까……. 모두와 상의해 볼까……."

『관리자님, 관리자님!』

"꺄아악!"

근처에 아무도 없는데, 분명히 자신을 향한 목소리를 듣고 화들짝 놀라는 마일.

심지어 『관리자님』이라고 불렀다.

……이건 뭐, 자신을 부른 것이 아니면 말이 안 된다.

그리고 물론 그런 호칭으로 부르는 상대라고 하면…….

주위를 두리번두리번 둘러보니…….

"아……."

발밑에 뭔가가 있었다.

……일단 생김새는 강아지처럼 보이지 않는 것도 아니다.

다만 금속 빛깔을 띠는 표면이 그대로 다 드러나 있고, 생물다운 모습은 눈곱만큼도 찾아볼 수 없는 삐걱거리는 조형에, 오른쪽 눈과 왼쪽 눈이 제각각 어디를 보고 있는지 알 수 없는 꺼림칙함만 뺀다면 말이다…….

"그때 그 치카 같던 작은 새랑 똑같은 패턴인가요! 왜 실물에 가깝게 만들려는 노력을 애초부터 내팽개친 건가요오오오옷! 그리고 왜 마물이라고 토벌당하지 않고 여기까지 올 수 있었는지,

그게 최대의 수수께끼네요!"

"……너, 슬로 워커의 부하야?"

방음 실드를 친 후『강아지 같은 것』에게 그렇게 묻는 마일.

누가 들으면 영락없이 복화술로 강아지와 대화하는, 어디 내놓기 창피한 소녀다.

『긍정. 동쪽 대륙에서 온 수리대에 의해 재가동된 방위 거점에서 만들어졌다. 현재, 각 거점에서 재가동이 진행되고 있다. 이미 이 별 전체의 통신망 정비는 완료되었다.』

"어랏, 작은 새보다 훨씬 대화가 잘 되잖아. ……아, 몸 크기가 달라서 전자 두뇌를 크게 만든 걸까. 작은 새랑 개는 부피부터 비교가 안 되니까……."

혼자 답을 낸 마일이었는데…….

『……늑댄데요.』

"어?"

『늑, 대, 라, 고, 요!』

"……아, 미안……."

늑대 수인은 개 수인으로 오해받으면 길길이 날뛰며 화낸다고 한다.

그렇다면 개로 오해받은 늑대는 더 심하게 화낼 게 틀림없다.

……보통은 말이 안 통하니 오해받은 것도 모르겠지만…….

그리고 이 늑대(가칭) 역시 상당히 언짢은 듯 보였다.

"……하지만 늑대라고 주장할 거면 적어도 털이라든지……."

『모피를 뒤집어쓰면 방열 효율이 급감해 열폭주가 일어날 가능성이 있습니다.』

"아, 그렇구나……."

『……원자로가.』

"윽, 무서워!"

『로봇 조크인데요.』

"하나도 안 웃기거든! ……하지만 적어도 리벳(Rivet)은……."

『리벳 얘기는 하지 말죠!』

늑대는 무표정이었지만, 왠지 몰라도 기분 나빠 한다는 걸 알 수 있었다.

"……미안. 내가 잘못했어……."

그래서 그 부분은 인정하고 순순히 사과하는 마일이었다.

『나는 로봇군*인가요!』

하지만 머릿속으로는 영문 모를 생각을 하고 있었다.

"그런데 꽤 고성능이네. 스탠드 얼론(독립형)? 아니면 슬로 워커처럼 대형 기계 지성체가 원격 조종하는 건가?"

『독립형에 자율식 기계 지성체입니다.』

왠지 살짝 삐기는 느낌으로 대답하는 개…… 늑대형 로봇.

아마도 상위 시스템으로 오해받아 자랑스러웠으리라.

"그런데 무슨 일로……, 앗, 장소를 바꿀까!"

과연 아무리 방음 실드를 쳤다지만 사람들이 다니는 길에서 오랜 시간 개…… 늑대와 계속 대화를 나누는 건 한 번 생각해 볼

---

*1987년에 발매된, 요네다 히토시의 4컷 만화.

일이다.

심지어 삐걱거리는 금속 몸을 가진 수상한 늑대와는…….

*　*

"이 근처면 괜찮으려나. 이리로 와서 나한테 딱 붙어 앉아줄 수 있을까? 산책 도중에 잠시 쉬는 개와 견주 같은 느낌으로……."

『저는 개가 아니라니까요!』

"아~, 미안. 잘못 말한 게 아니라『산책 중인 개와 견주』인 척 해달라는 뜻이었어. 너처럼 고성능이라면 개인 척 연기하는 것쯤이야 식은 죽 먹기인 줄 알았는데……."

『물론 그 정도는 일도 아니죠!』

……너무 쉽네.

그렇게 생각하며 속으로 혀를 쏙 내미는 마일.

"……그래, 무슨 일로 나를 찾아왔는데?"

마일은 무슨 이유인지 살짝 기쁜 투로 물었다.

실은 이 대륙의 스캐빈저 혹은 그 상위 개체와 접촉하고 싶었던 것이다.

뭐든지 나노머신을 의지하는 건 왠지 편법 같은 느낌도 들었지만, 선사 문명이 남긴 것이라면 곧 마일의 선조가 만든 것이니 마일이 후계자가 되어도 문제없다……랄까, 이미『관리자』로서 이어받은 상태다.

또한 나노머신들이『금칙 사항』이어서 알려주지 않고 만들어

주지 않는 것도 그들이라면 알려주고 만들어 주지 않을까라는 기대도 있었다.

하지만 그렇게 불순한 목적으로 접촉하려는데 나노머신에게 중개를 부탁하는 것은 과연 양심에 찔렸는지, 말을 꺼내지 않고 가만히 있었던 것이다.

『저희는 관리자의 종. 언제든지 연락이 닿게 하는 것은 당연한 일. 따라서 통신 시스템 내장, 호위로서의 전투 능력을 갖추었으며, 지식 면으로 서포트도 가능한 제가 언제나 곁에서……』

"패스!"

『……네?』

"그건 패스! 난 평범한 여자아이로 살고 싶거든. 그야 조금은 스캐빈저가 만들어줬으면 좋겠다고 생각하는 것도 있지만, 계속 옆에 달라붙어 있는 건 원하지 않아. 자꾸 감시하는 느낌이라 마음이 불안하거든……."

『으에에에엣? 그, 그런……』

왠지 인간처럼 반응했는데, 슬로 워커조차도 이런 성능은 없다. 그러니까 아마 그렇게 리액션(반응)하도록 프로그래밍 되어 있을 뿐, 정말 기계 지성체로서 당황했을 리는 없다.

분명 인간종이나 그 유사종과의 접촉용으로, 특별히 그런 식으로 반응하게 프로그래밍 된 거겠지.

"아, 혹시 연락 수단이 필요하면 통신기 같은 거라도 받을 수 없을까? 평소에는 아이템 박스에 넣어둘 거니까 불러도 모르겠지만, 자기 전에 꺼내서 확인할 테니까 연락 사항이 있을 때는 그걸 알 수 있게 방법을 찾으면……, 앗, 왜 그래?"

상태가 이상한 유사 늑대를 보고 이상하다는 표정을 짓는 마일이었는데…….

보통, 자신의 존재 의의를 완전히 부정당하면 충격을 받는 건 당연하겠지.

……그것이 설령 기계 지성체라 할지라도 말이다…….

* *

그 후 열심히 물고 늘어지는 유사 늑대에게, 동료가 이상하게 생각할 거라는 둥 늑대가 있으면 마을 사람들이 무서워한다는 둥 갖은 핑계를 들어 돌려보낸 마일.

……그래도 늑대로 안 보인다, 마물처럼 보인다는 말은 꾹 참 았다.

아무리 상대가 기계라 할지라도 지성을 갖춘 존재에게는 배려를 잊지 않는 마일이었다.

하지만 관리자에게 쫓겨났다고 하면 기계 늑대의 체면이 완전히 구겨지겠지.

기계들의 사회에 『체면』, 『면목』이라는 개념이 있을 때의 이야기지만…….

"아차차! 제일 가까운 거점의 위치를 물어본다는 걸 깜빡했네! ……뭐, 어차피 곧 통신기를 가지고 올 거니까 그때 물어봐도 되려나……. 일단, 언젠가 도움이 될지도 모르니까 강철선이라도 만들어달라고 할까 봐. 외판에 철판을 붙이는 게 아니라 완전 금속제로……. 기계 동력은 없고 돛과 노를 병용하는 소형 고속선 말이야. 돛을 쓸 때는 바람 마법만 있으면 자연풍의 풍향과 풍속과 상관없이 가속과 변침이 가능하고. 노를 쓸 때는 내 존재와 메비스 씨의 왼팔만 있으면 그리스와 로마의 대형 갤리선에도 지지 않을 거야! 음하하하! 아, 꼭 어촌 할아버지들을 위해서는 아니야. 언젠가 어떤 도움이 될지도 모르니까 혹시 몰라서 일단 만들어 놓기만 하자는 거지.”

*　　*

『왔다.』
“으앗! ……전에 만났던 기계 새!!”
마일이 기계 늑대를 만난 지 며칠 후.
『붉은 맹세』의 숙소에 낯익은 것이 찾아왔다.
……창문으로.
그렇다. 그것은 반년 조금 더 전에 이세계에서 침공한 마물들과의 최종 결전을 앞두고 사자로 등장해 슬로 워커를 만나기 위한 길 안내를 해주었던 작은 새형 서포트 로봇이었다.
삐걱거리는 금속 몸에 노출된 리벳과 어딜 보는지 알 수 없어 사람을 불안하게 만드는, 양쪽이 따로 노는 눈알.
아는 사람은 다들 『치카』라는 이름을 떠올릴, 어린아이가 보면

트라우마가 되어 한밤중에 울음을 터트릴 것만 같은, 꺼림칙하게 생긴 작은 새였다.

……그렇다, 마일이 지난번에 만났던 그 기계 늑대와 똑같은 콘셉트 조형이다.

'아마 개발 담당 부문이랄까 디자인 담당자가 같은 사람이겠지…….'

그런, 아무래도 상관없는 생각을 하는 마일.

나머지 세 사람은 눈 하나 깜빡하지 않았다.

다들 이 기계 새를 만난 적도 있고 마일의 지인이라는 장르로 분류했기 때문에 고룡, 슬로 워커, 스캐빈저, 골렘, 기타 등등의 인외들처럼 **그런 존재**로 받아들였으리라.

그들 중에는 귀여운 축에 속한다.

……주로 인간을 죽이는 능력은 없다는 의미에서.

하지만 그건 레나 일행이 **그렇다고 생각하는 것에 불과**하다.

선사 문명의 기술을 계승했다면 이 정도 부피인 만큼 안에 빔 병기를 넣는 것쯤은 일도 아닐 터다.

또 온몸에 불길을 뒤집어쓰고 적을 타격하는, 그런 기술도 있을지 모른다.

"일부러 저쪽 대륙에서 날아왔어요? 그 자그마한 몸으로, 바다를 건너는 항속 거리가?"

마일이 의문을 드러내자…….

『보디(몸)를 여기서 만들었다. 사고 루틴과 기억을 데이터 전송해서 전사했다. 동일 개체로 봐도 무방하다.』

"엥……. 그러니까 저쪽 대륙에서 우리와 있었던 일을 전부 기억하고, 개성도 그대로라는 말이에요? 단지 그때 그 개체는 저쪽 대륙에 지금도 있는 상태고……. "

『그렇다.』

"로봇이 그런 기술도 쓸 수 있다는 건가……. 기계 새는 하나의 개체명에 지나지 않지. 그럼 기계 새의 기술을 쓰는 존재는 전부 기계 새, 이 말인가……. 일종의 불사, 영원한 존재일 수 있다는……. 또 이 아이라면 우리와 같이 있어도 문제 될 게 없고 짧은 기간이긴 하지만 같이 행동했던 실적도 있어서 기계 늑대 대신 뽑힌 걸까……. 뭐, 다른 사람들이 우려할 일도 없고, 주머니나 가방에 넣어 숨길 수도 있고. 수납에 넣는 건 아무래도 지루할 테니 미안하고……."

수납마법은 내부의 시간이 흐르므로 안에 있는 사람은 남아도는 시간을 주체할 수 없으리라.

사방이 캄캄해서 심심풀이로 책도 못 읽고.

……아마도 이 기계 새는 책을 읽진 않겠지만.

이런 몸으로는 책을 펼쳐 들거나 페이지를 넘기지도……, 아니, 그런 문제가 아니다.

로봇이니까 생물과 달리 물과 공기가 없다고 죽는 것도 아니니 안심할 수는 있는데…….

설령 생물이라 할지라도 마일 정도의 용량이면 공기가 꽤 많이 확보될 테고, 도중에 물과 식량을 보충해 주고 공기를 갈아주면 되긴 하지만, 마일의 수납은 지나치게 넓으므로 캄캄한 어둠 속에서 물통과 식량이 어디 있는지 몰라 여러 가지로 힘들 것이다.

……뭐, 마일은 생물을 수납할 때는 수납마법이 아니라 시간이 멈추는 아이템 박스에 넣으니 문제 될 것은 없다.

아이템 박스의 존재를 들켜도 괜찮은 상대라면 말이다…….

"아, 통신 기능은?"

『통신망, 정비받았다. 내장된 소형 통신기에도 리피터를 통해 인터넷에 연결되어 있다.』

"아하……, 앗, 그러면 통신기만 받아도 되는 것 아닌가? 리피터가 있으면 파장이 짧고 출력도 작아도 되니까 굳이 기계 새짱은 없어도 되지 않은지?"

『……나, 필요 없구나…….』

"아아아, 그런 거 아니에요! 필요 없는 아이 아니에요!"

『………….』

낙담하는 기계 새를 보고 당황해서 감싸주는 마일.

왠지 개…… 늑대형 때와는 대하는 태도가 많이 달랐다.

전부터 알던 사이여서일까, 연약해 생겨서일까…….

참고로 저번에 접촉했던 개…… 늑대형에 관해서는 레나 일행에게 말하지 않았다.

"그나저나 저번보다 대화 루틴이 꽤 많이 발전했네. ……앗, 인터넷 접속?"

기계 새가 조금 전 『리피터를 통해 인터넷에 연결되어 있다』라고 말했었다.

늑대는 스탠드 얼론이었지만, 그건 그 크기니까 가능했던 일.

기계 새의 크기로는 단독에 그 정도의 성능을 탑재하기 불가능하겠지.

하지만 인터넷 연결이 된다면 서버를 통해 어시스트할 수 있다.

어쩌면 슬로 워커와 상시 접속하는 것도…….

'……그리고 슬로 워커가 직접 조작하고 있는데도 불구하고 친근감을 주기 위해 스탠드 얼론인 척 구는 거라거나…….'

그런 생각을 하는 마일이었는데, 레나 일행에게 말해봐야 알아들을 리 없다.

그리고 설령 그렇더라도 특별히 마일 일행한테 악의가 있는 게 아니라 그저 단순히 마일과 자연스럽게 교류하고 싶은 것뿐이라고 생각하고 너무 신경 쓰지 않기로 했다.

마일은 상대가 누구든 별로 개의치 않는다.

상대의 정체가 아니라 그가 자신들에게 악의가 있는지 아닌지. 그리고 그걸 속으로만 품을 뿐인지 정말 실행으로 옮길 계획인지.

마일의 대응은 상대가 무엇을 했고 앞으로 무엇을 할지에 따라 결정된다.

그것 이외의 요소는 아무런 상관도 없었다.

'아, 그건 아니려나. 아마도 슬로 워커는 나를 속일 생각조차 못 할걸. 관리자를 속이다니 말이야……, 아! 나노들이라면…….'

【넷? 네에에엣? 불똥이 왜 이리로 튑니까, 헛소문으로 인한 피해라고요, 마일 님! 저희는 권한 레벨 7인 존재를 속이는 짓은…….】

'응? 그 말은 꼭 권한 레벨이 그보다 낮은 존재는 속인다, 그렇게 들리는데…….'

【앗…….】

'그리고 거짓말은 안 하더라도, 필요한 정보를 의도적으로 생략하거나 다른 방향으로 유도하거나…….'

【………….】

'이것 봐, 말 못 하네!'

【………….】

"……일! 마일!"

"아…….."

"뇌내 친구랑 얘기 나누는 건 나중으로 미루고 이 꺼림칙한 새가 이번엔 또 무슨 일로 왔는지 물어봐 줄래! 굳이 서쪽 대륙까지 쫓아오다니, 설마, 또 마물이 습격하기라도 하는 건 아니겠지!"

역시 레나는 기계 새가 다른 본체 케이스 운운한 이야기는 조금도 이해하지 못해서 그냥 한 귀로 흘린 듯하다.

* *

"……그러니까 뭐야? 이 꺼림칙한 새가 우리의 전속『마법의 나라에서 온 마스코트』라는 말?"

"……유감이지만…….."

"마법 소녀의 마스코트라고 하면 좀 더 귀엽지 않나요?"

"……유감이지만…….."

"적어도 좀 더 어떻게 안 됐을까. 그러니까, 비주얼 말이야…….."

"유감이지만……."

모두 한소리씩 했다.

저번에는 슬로 워커에게 안내하는 역할만 했기에 생김새에 대해 아무도 언급하지 않았었다.

……업무 상대를 배려하는 차원에서.

하지만 앞으로 쭉 자신들을 따라다닌다면 얘기는 달라진다.

……뭐, 겉보기에는 일단 『작은 새』여서, 마물로 여겨져도 그리 위험하게 보지는 않겠지. 잘 길들여 펫으로 삼았다는 식으로 생각해 줄 것이다.

하지만 생김새가 귀엽다거나 멋있다면 모를까, 이렇게 생겨선…….

"마일, 이 꺼림칙한 새를 쫓아내든지 네가 키우는 걸로 하든지 둘 중 하나를 선택해!"

"……네?"

레나가 검지를 들이대며 선언하자 영문을 모르겠다는 표정인 마일.

"얘를 키우는 게 우리의 취미라고 여겨지는 게 싫다고! 그러니까 네가 개인적으로 기르는 걸로 해라, 그 뜻이야! 우리랑은 전혀 무관한, 오로지 너의 취미인 걸로!"

"동의!"

"나도 레나의 의견에 찬성해!"

"으에에에엑!"

레나에 이어 폴린과 메비스도 비정한 선고를 내렸다…….

"기계 새짱, 집에 돌아갈래요?"

『그 경우, 존재 의의를 잃고, 해체 처분된다…….』

"으에에엑! ……그럼 그 기계 늑대는!"

『그것은 거점 경비를 맡았다. 나와 달리 그것은 다른 일에도 쓰임 새가 있다.』

"아, 살았다……. 죄책감에 잠 못 들 뻔했네……. 그런데 그렇게 말하면 못 쫓아내잖아요! 협박이나 마찬가지라고요, 비겁하다고요!"

『히죽.』

"누가 그런 반응을 프로그래밍한 거예요오오오오옷!"

"……어쩔 수 없지. 임시 채용하는 걸로 해."

"앗?"

레나가 옆에서 끼어들었다.

"당분간 지켜보다가 도움이 되겠으면 펫 역할로 채용하고 방해만 되겠으면 돌려보내는 걸로 하면 되겠지."

레나, 여기서 츤데레를 발휘했다.

로봇이 뭔지 잘 모르는 레나로서는 『쫓아내다』→『무능하고 도움 안 되는 존재는 죽임(해체)을 당한다』라고 받아들인 것이리라.

그래서 아무리 생긴 건 꺼림칙해도 사람과 대화가 통할 만큼 지능을 갖춘 무해한 존재가 자신들이 쫓아낸 바람에 죽는다면 영 찜찜할 것이다.

『기쁘다, 기쁘다, 감사한다. 역시 리더, 뛰어난 판단력!』

기계 새가 아부를 떨어댔는데,『붉은 맹세』의 리더는 레나가 아니라 메비스다.

『……그리고 부탁이 있다.』

"당돌하군요! 이제 채용이 결정됐다고 고용 조건을 요구하는 건가요! ……하지만 뭐, 말이나 해보세요."

마일도 레나가 결정했으니 채용이 확정됐다고 보고 그대로 이야기를 진행했다.

『이름을 원한다. 지금까지는 시리얼 넘버로 불렸다. 그리고 여기서 부르는「기계 새」라는 호칭은 차치하더라도「꺼림칙한 새」는 허용하기 어렵다.』

"그건 그런가."

"……미안해……."

레나는 자기가 잘못했다고 생각하면 상대가 작은 새든 로봇이든 꺼림칙한 새든 똑바로 사과할 줄 아는 아이였다.

"마일, 당연한 얘기지만 네가 이름 지어줘."

레나의 그 말을 받아들이지 못하는 사람은 없었다. 그래서 마일이 이름을 붙여주기로 했는데…….

문제는 마일에게 그런 재능이 전혀 없다는 사실이었다.

"으~음, 이름 말인가요……. 기계 새니까 줄여서『기작새』.『기새』……."

『………….』

""""…….""""

기계 새, 노골적으로 불만을 드러냈다.

그리고 사람을 잘못 뽑았다며 후회하는 레나 일행.

"치카는 좀 그렇고, 그렇다고 치코라고 하면『그 '치' 자는 갑자기 어디서 나왔는데!』하면서 뭐라고 할 것 같고……."

"아무도 뭐라고 안 해! 그리고『치카』는 왜 좀 그런데?!"

"그냥 하고 싶은 대로 정하면 되는 거 아닌지……."

"영문을 모르겠다니까……."

멤버들의 지적을 한 귀로 흘리는 마일.

그리고…….

"좋은 이름이 떠오를 때까지 잠정적으로『기계 새(임시)』라고 하죠!"

『알았다. 참는다……』

이렇게 해서『기계 새(임시)』의 시용 기간이 시작되었다…….

"아, 기계 새짱, 이 근처에 스캐빈저가 많이 모여 있는 거점, 있어요?"

『인간의 평균 걸음 속도로 17일 걸리는 곳.』

"으~음, 사람이 하루에 걸을 수 있는 거리는 30km쯤 될까. 그렇게 17일이면 510km 정도? 음, 도쿄에서 오사카까지가 직선거리로 400km, 차로나 신칸센 루트라면 500km? 차 타고 시속 100km로 고속도로를 달리면 5시간 걸리는 거리인가. 가까운 것 같기도 한……."

『……안 쉬고 계속 걸어서.』

"안 자고 안 쉰다고요?! 그렇게 하면 사람은 죽어요!"

기계에 수면과 휴식이라는 개념은 없다.

그 부분을 잘 설명한 만큼, 기계 새는 인간을 잘 이해했고 참으로 우수했다.

"인간은 휴식 시간을 제외하고 하루에 8시간 걸으면 많이 걸은 편이고, 비탈길도 있으니까……. 안 자고 안 쉬고 비탈길 때문에 지체되는 것까지 계산에 안 넣고 17일이면 실제로는 그 3배, 1,500km예요!"

지금까지 마일과 기계 새가 나눈 대화 내용에는 레나 일행이 알아들을 수 없는 단어가 몇 개 있었지만, 새삼스럽게 그런 걸 신경 쓸 그들이 아니다. 아직은 마일이 하려는 말이 뭔지 대충 짐작할 수 있는 만큼 다행인 편이었다.

"가벼운 마음으로 가기에는 많이 머네……."

"아, 네. 다음에 언젠가 가는 걸로 해야겠는데요."

레나의 말대로 편도 1,500km, 왕복 3,000km라는 여정은 걸어가거나 마차밖에 이동 수단이 없는 『붉은 맹세』에게 많이 멀었다. 누가 그쪽 방면으로 이동할 때 동행한다면 모를까, 단지 그곳에 가려고 왕복하기에 3,000km는 너무 멀다.

"뭐, 이 도시를 임시 거점으로 삼은 동안에는 가기 무리겠지."

메비스의 말이 옳았다.

……『붉은 맹세』가 이동한다면 말이다…….

'뭐, 쉴 때 나 혼자 『수평 방향으로 떨어지는』 걸로 이동하면 괜찮긴 하려나……. 그거면 당일치기도 가능하고…….'

그리고 그런 생각을 하는 마일.

마일은 중력의 방향을 꺾어 수평 방향으로 떨어지는 이동 방법을 자기 혼자만 쓰기로 정했다.

　다른 멤버한테는 아무래도 자극이 너무 강하고, 『붉은 맹세』가 이동 수단으로 상용한다면 문제가 너무 많을 거라고 판단해서다.

　애당초 그렇게 빨리 이동할 수 있는…… 정보를 전달할 수 있는…… 방법을 귀족이나 왕족이 알아차리기라도 하는 날엔 그 군사적, 정치적 이용 가치를 절대 놓칠 리 없었다.

　그래서 비밀로 한 것이다…….

제135장 거점

【반대합니다!】

웬일로 단호한 어투로 마일에게 반기를 드는 나노머신.

【마일 님은 저희를 의지하시면 됩니다! 요구사항이 있으면 저희에게 의뢰하셔야 마땅합니다. 그딴 원시적인 하등 기계 나부랭이를 의지할 필요가 없단 말씀입니다!】

그로부터 며칠 후.

『붉은 맹세』의 휴일을 앞두고 마일이 나노에게 『저기, 기계 새의 직속 상사를 만나러 가야겠어』라고 알렸는데, 기를 쓰고 반대하는 것이었다.

그리하여 마일과 나노의 뇌내 회의가 시작되었는데⋯⋯.

'엥? 그 말, 기계 지성체 사이에서 차별하는 것 아니야? 그거, 나노머신들의 중추 사령부라든지 조물주 님은 인지하고 있어?'

【⋯⋯⋯⋯방금 한 발언을, 취소합니다⋯⋯.】

실언이었던 모양이다.

【다만, 취소하는 건 발언 중에 후반부뿐입니다! 전반부는 양보 못합니다!】

'아, 네네⋯⋯.'

마일의 소망을 이루어주는 것은 자신들의 소임으로, 그것을 다른 기계에 빼앗기는 것은 용납 못 하는 듯했다.

'……그런데 나노, 낫토 만드는 건 안 도와주잖아…….'

【아아아아아아악!!】

그리고 기다렸다는 듯이 나노머신을 놀리는 마일.

【놀리는 것과 괴롭히는 것은 종이 한 장 차이입니닷!】

'아, 그건 그러네…….'

나노머신의 기분도 모르는 바는 아니다.

그렇게 여기면서도 마일은 잠시 생각에 잠겼다.

'나노의 이런 유치한 감정 같은 것도 상대방에게 인간미를 느끼게 하기 위한 연기일까, 아니면 그렇게 굴도록 프로그래밍 된 것뿐일까……. 하지만 우리도 신과 똑같이 보일 만큼 진화한 종족이 나왔으니까, 정말 감정이 있어도 이상하지 않을지 몰라……. 『감정이 있는 것처럼 보이는』거랑 『정말로 감정이 있는』 것의 경계선은 과연 뚜렷할까. 생물과 무생물의 경계는 분명하게 선을 그어 구분할 수 있을까…….'

지금까지 마일은 나노머신이 고도의 기계 지성체로서 언제나 침착하고 냉정하며 깊은 통찰력과 고도의 판단력을 갖춘 슈퍼컴퓨터라고 생각해왔다.

인간 같은 말과 반응은 마일을 위해 그렇게 행동하는 것이고 연기에 불과하다고 말이다…….

그런데 왠지 그게 아니라 정말로 **그런 감정이 있는 것도 같다**라는 생각이 들기 시작한 마일.

풍부한 지식과 뛰어난 사고 및 분석 능력을 갖췄으면서도 의외로 단순한 구석이 있는 나노머신.

그런 나노머신이 지금 화를 내는 까닭은 자신들과 의사소통이 가능한 마일과의 장난을 즐겨서일까, 아니면 자신들의 존재 의의와 즐거움을 풋내기 원시 기계에 빼앗길 것 같아 정말로 기분이 나빠서일까⋯⋯.

아마도 기본적인 제한 사항으로 화내거나 자포자기하는 것은 불가능하겠지만⋯⋯.

'나노들은 마법 행사 면에서는 꽤 많은 재량권을 쥐고 있는 모양이지만, 그 이외에는 동료 사이에서 완결하는 것⋯⋯ 그러니까 나노넷인가 뭔가 하는 데서 열을 올리고 시청률을 비교하는 등⋯⋯을 제외하면 의외로 제한이 많은 거지? 금칙 사항 같은⋯⋯. 그건 어쩔 수 없다고 생각해. 나노들이 뭐든 마음대로 하거나 이 세계의 문명을, 토대가 없는데도 이상한 방향으로 발전시키려고 한다면 큰일이니까⋯⋯. 그래서 신⋯⋯, 나노들이 말하는 『조물주님』이 나노들에게 여러 가지 제한, 제약을 건 거겠지? 나노들이 너무 만능이어서 뭐든지 과하게 다 해버리니까. 외부에서, 이 세계의 정상적인 발전을 이상하게 꼬아버리면 안 되니까⋯⋯.'

【⋯⋯.】

'⋯⋯하지만 선사 문명의 기술은 그거랑 상관없잖아? 그건 이 세계에서 자연적으로 발생해서 발달한 문명이니까. 그 일부가 남아 자손들이 계승하는 것을 **제삼자에 불과한 나노들**이 방해하고 감 놔라 배 놔라 할 입장은 아니지 않아?'

【………….】

'아, 미안! 딱히 비난하거나 비꼴 생각은 아니었어! 다만 관리자로서 그들의 입장도 고려해 줘야 한달까, 그냥 내버려두지 않고 부탁이랄지 어떤 임무를 맡겨서 성취감을 맛보게 해주고 싶달까…….'

나노머신에게서 대답이 없자 기분이 상했나 싶어 당황한 마일.

【……아뇨, 그 정도는 저희도 압니다. 마일 님이 그런 분이시라는 건요……. 그리고 마일 님이 그들의 관리자가 되신 것은 저희가 통역뿐 아니라 그렇게 되게 부탁했기 때문입니다. 따라서 마일 님이 그들을 이래저래 배려하시는 것은 저희로서도 바람직한 일. ……하지만…….】

'하지만?'

【그 배려를, 조금은 저희한테도 해주셨으면 하는 겁니다…….】

"아……, 미안…….'

……그렇다.

선사 문명이 남긴 기계 지성체와 나노머신은 짚 인형과 자율형 로봇, 통나무배와 우주선만큼의 차이가 있다.

하지만 그래도.

자신들이 만들어진 의미.

그 존재 의의.

도움이 되고 싶다. 기쁨을 주고 싶다.

그렇게 생각한다는 점에 있어서는, 통나무배와 우주선 사이에 『사람을 싣고 이동한다』라는 공통점이 있는 것과 같은 정도로는 동류였다.

하지만 마일도 조물주와 마찬가지로『이 세계의 것이 아닌 치트 같은 존재가 과도하게 영향을 미치는 것은 바람직하지 않다』라고 생각했다.

……마법에 관해서는 멸종할 뻔한 인간종을 존속시키는 긴급피난 같은 조치로, 조물주의 판단은 어쩔 수 없었다며 묵인할 수밖에 없지만.

그리고 마일은 바로 자신이『이세계에서 온 간섭물』임을 과연 인식하고 있을지…….

마일의 육체는 이 세계에서 태어나 자랐으니, 마일은 이 세계의 생물이다.

하지만 그 정신은 이세계의 지식을 가지고 있다.

그래서 마일은 이 세계의 상식을 넘어선 지구의 상식은, 악용될 걱정이 없으면서 문명 진보의 돌파, 기폭제가 될 가능성이 작은 것 이외에는 퍼지지 않게 하려고 조심했지만, 유적에 관한 기술은 괜찮지 않은가 하고 생각하는 면이 있었다.

'슬로 워커랑 스캐빈저 관련 기술은 원래부터 이 세계에 있었지, 다른 데서 유입된 게 아니잖아. 그러니까 얼마든지 써도 상관없고 나노가 말하는『금칙 사항』에 걸리지도 않아. 딱히 편법도 아니고 특별한 비법이 있는 것도 아니니까. 그래도 뭐, 지구의 상식이든 유적 관련 기술이든 일반인들에게 퍼트릴 생각은 없어. 문명은 누가 갑자기 주는 게 아니라 자기 손으로 하나하나 쌓아가야 하는 법이야. ……그러니 편리한 지식과 도구는 우리를 위

해서만 쓸 거니까 안심이지!'

【뭡니까, 그게…….】

마일도 터무니없이 굴 생각은 없는 듯했다.

'나노들은 슬로 워커와 그 부하들을 유치원 신입생 정도로 여기고 따뜻한 눈길로 지켜봐 줘. 기계 지성체의 대선배로서 말이야.'

【……….알겠다고요, 에효…….】

아마 지금 이 짧은 **순간**에 나노머신들끼리도 회의했으리라.

그리고 의견이 모아져, 권한 레벨 7인 마일의 희망이 가결되었다…….

이러니저러니 해도 결국 나노머신들은 마일 그리고 피조물(동류)에게 약했던 것이다.

* *

"그럼 가볼까. ……앗, 어깨 위에 앉히면 풍압 때문에 날아가 버릴지도 몰라……. 아이템 박스에 넣자니 좀 불쌍하기도 하고 그러면 길 안내도 안 되니까……. 그렇지, 여기 들어가 있어요!"

그렇게 말한 마일은 기계 새를 손에 움켜쥐더니 방어구와 옷을 손가락으로 당겨 틈새를 만든 후 가슴골에 집어넣었다.

기계 새가 마일의 가슴 사이에서 머리만 빼꼼 내밀었다.

"이렇게 하면 날아갈 일도 없고 안내하기도 쉽지!"

환하게 웃는 마일이었는데 기계 새는 조금 불만스러워 보였다.

『공간이 좁아서 갑갑…….』

"윽, 시끄러워요!"

마일이 씩씩거렸다.

그리고 마법으로 인력을 중화해 하늘 위로 날아올라 충분히 고도를 높인 다음…….

"양현 전속, 목표, 제일 가까이에 있는 살아 있는 유적! ……마일, 발진합니다!"

그리고 늘 하는 전용 대사와 함께 중력의 방향을 수직에서 수평으로 변경하고 인력 중화 마법을 해제. 슝 하고 수평으로, 목적지를 향해 **낙하하는** 마일과 기계 새였다…….

『붉은 맹세』가 쉬는 날, 레나 일행에게는 비밀로 하고 이 대륙에서 기계 새가 속한 유적으로 혼자 향하는 마일.

동행자는 안내를 맡은 기계 새 그리고 동행이랄지 뭐랄지 늘 붙어 있고 항상 곳곳에 있는 나노머신뿐이었다.

이동 수단은 레나 일행에게는 체험시켜 줄 생각이 없는, 마일 혼자 있을 때만 쓰는 특수 방법인『중력의 방향을 수직에서 수평으로 변경하고 **땅에 대해 수평으로 떨어지는** 반칙술이었다.

……그렇다, 이른바『만유인력의 반칙』이다.

"슬슬 말한 거리만큼 날아온 것 같은데…….."

『침로를 오른쪽으로 2.3도』

"오케이, 오른쪽으로 2.3도, ……출항!"

그렇게 조금 더 날아가니(떨어지니)…….

『저기. 저 바위산 뒤편…….』

아무래도 전방의 바위산에 숨겨둔 입구가 있는 듯했다.

하긴 인간종이 발견하면 이래저래 갈등이 생길 테니 숨기는 건 당연하겠지.

"이곳인가…… 앗, 마중 나왔어. 뭐, 기계 새짱한테도 통신 기능은 있나……."

저번에 기계 새가 했던 말을 떠올린 마일.

슬로 워커가 바깥 세계에 개입하는 수단…… 수족인 스캐빈저와 외부의 통신 수단……을 획득하고, 마일(관리자)에 의해 행동 범위와 가능 업무 범위와 로봇 제조 개체수에 관한 제한이 해제됐다는 사실을 안 지 벌써 반년 이상 지났다.

……당연히 물 만난 물고기처럼 이것저것 만들어 댔을 게 뻔하다.

다음에 닥칠, 세계의 위기에 대비해서.

그리고 마일을 섬기기 위하여…….

기계 새의 물밑 작업 덕분인지, 침입자로 오해받지도 공격당하지도 않고 무사히 착지한 마일은 마중 나온 로봇…… 무려 스캐빈저가 아니라 마물을 본떠 만든 듯한 『기계 코볼트』와 『기계 뿔토끼』……의 안내로 바위 빈틈을 지나 지하로 내려갔다.

작업용 스캐빈저가 아니라 눈에 띄지 않게 경계 및 정찰을 하는 것이 주된 업무라면 과연 흔하면서 덜 위협적인 마물의 모습을 본뜨는 게 논리에 맞겠지.

기계 뿔토끼는 귀엽게 생겼지만 분명 뿔에서 빔이 나올 게 틀림없다고 예상해 보는 마일.

그리고 물론 최후의 무기로 뿔미사일을 발사할 게 틀림없다고……

마일은 기계 코볼트와 기계 뿔토끼를 보고 속으로 『귀엽다』라고 했지만, 그건 어디까지나 『배려한 표현』이다.

역시 기계 코볼트도 기계 뿔토끼도 기계 늑대, 기계 새를 만든 제작자의 디자인 같았다…….

"아……."

그리고 마일은 발견하고 말았다.

입구 근처에서 원망스럽다는 듯 마일과 기계 새를 노려보는 그 기계 늑대를…….

마일은 슬그머니 고개 숙였고 기계 새도 머리를 집어넣어 거의 없다시피 한 가슴골 사이로 숨었다.

……역시 좀 민망한가 보다…….

* *

《관리자님, 환영합니다!》

슬로 워커 때보다 **깊이**가 훨씬 얕은 곳에 있는 기계 새의 상사.

"……저기, 긴 세월을 지나온 것치고 여기, 너무 얕지 않나요? 침입자라든지 지각변동 같은……."

마일은 이런 부분이 궁금해서 참지 못하는 성격이었기 때문에 처음 꺼낸 말이 이것이었다.

《이곳은 관리자님이 편히 방문하실 수 있도록 지표 가까이에 만든, 관리자님을 위한 시설입니다. 이 지령실 이외에도 주거 구역과 식자재 비축 창고, 그밖에 다양한 시설이 마련되어 있습니다. 여기 있는 저는 입출력 단말기에 지나지 않고, 본체는 지하 깊은 곳에 있습니다. 물론 정규 전투 지령실도 그쪽에 있고요.》

"허어어어억~!!"

……아무래도 마일의 편의……랄까, 마일이 오기 쉽게 한다는 이유만으로 이 층군에 새로 시설을 만든 듯했다.

"……그럼 당신과 슬로 워커의 관계는……."

《똑같이『시간을 넘는 자』계획의 일부이며 대등한 존재입니다. 이번에 관리자님의 명령을 직접 받아 그 임무를 수행했고, 그리하여 거의 기능이 멈춰있던 저와 이 기지를 복구시켜 줌으로써 현재는 명령 계통적으로 저의 상위에 위치하는데…….》

"아, 그런『대차』에 의한 빚이라는 개념이 있구나……. 하지만 뭐, 존재라는 점에선 동등하다는 건가요. 그럼 저와의 관계는?"

《관리자님은 이 항성계에서 저희의 최고 사령관이십니다.》

"오, 오오…….『항성계』가 나온단 말이죠……."

이 별, 정도까지는 예상했던 마일인데 규모가 더 큰 듯했다.

《네, 앞으로 잃어버린 경비 위성망을 재건한 후 이 행성의 달(위성) 및 다른 행성과 그 위성에 있는 기지의 재건, 기타 모든 항성계 내 활동이 예정되어 있으니……. 그리고『이 항성계』로 한정해서 말씀드렸던 건 다른 항성계로 떠난 조물주 님 쪽의 자손과 만났을 경우 다른 항성계의 지휘권이 어떻게 될지 확정되지 않았기 때문입니다.》

"으에엑! 아니 이차원 세계의 재침공에 대비하는 건 알겠는데, 그건 이 행성에 한한 이야기가 아닌가요? 다른 행성이라면 설령 차원 균열이 생긴다고 한들 마물이 나오자마자 죽을 테니까 상관없지 않은지? 그런데 왜 다른 행성까지……."

여러 가지 의문을 드러낸 마일이 들은 설명에 따르면 이 행성은 선사 문명이 자원을 많이 소비해서 광물 자원의 효율적인 대량 채굴이 어렵다고 했다.

드워프들이 노천 채굴로 소소하게 채굴하는 수준이라면, 금속 함유율이 낮은 소규모 광맥은 어느 정도 남아있어서, 이 정도 인구와 문명을 유지하는 것 정도는 문제없다는 듯하다.

하지만 그건 선사 문명이 『효율 떨어지고 채산이 안 맞다』라는 이유로 무시했으며, 본격적인 공업 발전을 뒷받침해 줄 만한 것도 아닌 모양이었다.

소량의 무기와 방어구, 식칼과 냄비, 부뚜막 등은 만들 수 있어도, 중공업의 발전을 이루기에는 역부족이라는…….

지하 깊은 곳이라면 아직 남아있긴 한 것 같았다.

하지만 그곳은 인력을 동원해 원시적인 방법을 써서 쉽게 채굴할 수 있는 게 아니라고 했다.

채굴과 운반에 들어가는 노동력. 높은 온도. 공기 주입. 파쇄대.

물론 『시간을 넘는 자』와 그 부하들한테는 불가능한 일이 아니다. 지칠 줄 모르고, 공기가 없어도 되고 이익이 필요한 것도 아니니까.

하지만 그렇다고 해서 그들이 계속 채굴한다면.

이 행성에 있는 지적 생명체의 미래가, 완전히 닫혀버린다…….

아주 일반적인 광석을 채굴하는데 지하 4,000m 정도에서 파야 한다면.

현재 지구에서조차 금이나 희소 금속이면 모를까 그런 깊이에서 고작 석탄, 철광석을 채굴하는 사람은 아무도 없으리라.

갱도의 길이가 아닌 깊이가 수천 미터에 달하는 것이다. 그렇다면 갱도의 길이는 대체 얼마란 말인가…….

게다가 공기가 없고 초고온.

만약『시간을 넘는 자』와 그 부하들이 지표 근처의 자원을 전부 채굴해 씨를 말려버린다면 이 세계 사람들은 산업 혁명을 맞이할 수 없게 되겠지.

"……그래서 다른 행성에서 자원을 채굴한다는……. 하긴 여러분이라면 물도 산소도 필요 없고 온도 변화에도 강하고 현지에서 채굴한 자원으로 수리 부품이라든지 동료를 만들 수 있고 동력원도 현지 조달 가능한가……. 인간종의 눈도, 자연 파괴도 신경 쓸 필요 없고요……."

『시간을 넘는 자』의 설명에 납득한 마일.

"아, 그렇지! 이야기를 계속하기 전에 한 가지 궁금한 게 있어요."

《네, 뭐든지.》

"당신을 뭐라고 부르면 될까요?『시간을 넘는 자』라는 건 당신과 동렬의 존재 모두를 가리키는 호칭이죠? 당신이라는 개체의 이름을 알려주면 좋겠어요. 동쪽 대륙에 있는 그 개체는『슬로 워커』라고 부르고 있는데, 그것도 따지자면 개체명이 아니죠. ……

이미 제 머릿속엔 그 이름이 자리 잡아 버렸지만⋯⋯."

《⋯⋯⋯⋯.》

왠지 생각에 잠긴 듯한『시간을 넘는 자』.

그러더니⋯⋯.

《『관리자 마일 님의 최고 하인』이라고 불러 주세요!》

"각하아아아아!! 그런 이름, 남들 앞에서 못 불러요! ⋯⋯아니, 아무도 없어도 못 불러요!"

《으에에⋯⋯.》

대놓고 실망하는『시간을 넘는 자』.

《그럼 관리자님이 이름을 지어주시면⋯⋯.》

"저는 작명 센스가 제로예요! 그리고 지금은 기계 새짱의 이름을 지어주는 것만으로도 힘들다고요!"

《기계⋯⋯ 새⋯⋯한테⋯⋯?》

"아⋯⋯."

실언했다.

천하의 마일도 알아차렸다.

자신은 거부당한 관리자 직속 작명을, 자기 부하는 받는 것이다.

심지어 즉석에서 대충 지어주는 게 아니라 며칠씩 걸려 신중히 고민한 이름을⋯⋯.

당연히 상사로서 좋을 리 없다.

《⋯⋯심지어⋯⋯,『짱』을 붙여 부르고⋯⋯.》

"아아아아아악!"

『시간을 넘는 자』, 흑화 직전이었다.

안절부절못하는 마일.

"아, 알겠어요! 생각해 볼게요, 뭔가 좋은 이름을 생각해 볼 테니까요!"

고성능 컴퓨터가 흑화했다간 감당할 수 없다.

……그래서 그렇게 대답하는 것 말고 다른 선택지는 없었다.

그리고 겨우 애원해서 날짜를 넉넉히 받은 마일.

다만, 그 대신 『종종 이곳에 오겠다』라는 약속을 하고 말았다.

"아니, 제가 더 높은 위치 맞죠? 게다가 이름 지어주는 거, 그쪽이 부탁하는 입장 맞죠? 왜 제가 마감 연장을 위해 교환 조건을 제시해야 하나요! ……아, 아니야, 됐어요. 대충 알겠으니까……. 그리고 하늘을 날면 금방 오니까, 가끔 오는 것쯤은 별로 힘들지도 않으니까요."

자신의 지적에 아차 하는 듯한 『시간을 넘는 자』를 걱정한 마일.

자신들의 조물주를 잃고 충성을 바칠 곳을 잃은 피조물들.

그러다가 새 관리자를 얻었는데 뭘 바라겠는가.

그 정도는 마일도 알았다.

그렇다면…….

"아, 혹시 재료에 여유가 있으면 철로 된 배를 만들어 줄 수 있는지?"

《우주선 말씀입니까! 성계 내 우주선인가요, 아니면 스타십(항성용)인가요! 이민선인가요, 전투함인가요!!》

……바로 무섭게 달려들었다.

아마 현재까지는 그런 것을 만들 능력이 없을 것이다. 재료로도 노동력으로도.

하지만 그것은 『관리자의 명령으로 자신들이 활동할 목표가 생겼다』라는 뜻이다.

앞으로 수십 년에 걸쳐 자신들이 열심히 활동하기 위한 원대한 목표가······.

자신들의 존재 의의.

조물주의 후계자이자 새로운 관리자의 소망.

봉사.

자원과 노동력 배분을 고려하며, 방위 기구의 재건 계획과 동시에 진행할 대규모 작전.

자신들의 능력을 마음껏 펼칠 장소.

그러니 무섭게 덤벼도 무리는 아니다.

하지만······.

"아, 이 세계의 문명 수준에 맞춘 배로 전체 길이 십여 미터, 돛 한 장에 동력은 없는 걸로요. 바다 마물이 밑바닥을 부술 수 없을 만큼의 강도가 있는, 철로 된 선체면 돼요. 그리고 의장은 그 지역 사람들이 가지고 있으니까, 필요 없어요. 아예 완성해서 주면 어부들의 긍지에 상처가 될지도 모르니까요."

《엥?》

"응? 왜 그래요?"

《······엥?》

"엥?"

《으에에에에에에에에엥?》

*　　*

"아, 미안하다니까요! 그렇게 기대를 배신한 건지 몰랐어요!"

《…………….》

딱히 화나거나 삐치진 않았으리라.

……그런 감정을 가질 만큼 진보한 컴퓨터는 아닐 것이다.

이름 문제도 상하 관계상 자신이 부당한 대우를 받아 항의했을 뿐이고, 이해관계와 조직의 질서 유지를 위해 필요하다고 판단한 **계산된 행동**이겠지.

그리고 지금 상황은 처음에 제시받은 일을 바탕으로 추측한 기대치를 대폭…… 어마어마하게 대폭 떨구는 상세 설명을 들은 바람에…….

'역시 기분 상했네…….'

『시간을 넘는 자』의 모습을 보고 당황한 마일.

인간의 미묘한 심리에는 둔한 마일이지만 피조물은 감정…… 같은 반응이 비교적 단순해서인지 마일도 어느 정도는 눈치챌 수 있었다.

그것이 단순히 프로그램에 따른 반응인지, 아니면 인간과의 원활한 소통을 위해 그렇게 행동하게끔 학습했을 뿐인지는 모르겠지만…….

《역시 예기치 못한 사태에 대비해 항성간 이민선 건조를 서둘러야 하지 않을지…….》

도저히 포기할 수 없는지 마일에게 제안하는 『시간을 넘는 자』.

"아뇨, 지금은 자원과 노동력 전부 방위 기구의 재건에 집중시켜야죠! 신도 여러분을 만든 조물주도 이 세계를 지키는 것이야말로 최우선 사항이었잖아요? 그러니 지금은 방위 기구의 재건을 최우선으로 삼고 다른 일들은 뒤로 미뤄야 해요! 태평하게 우주선을 만드는 사이 또 침공이 일어나 우주선은 완성도 못 해, 행성의 인간종은 전멸해서 모두 물거품이 된다면 조물주도 슬퍼하지 않겠어요……."

《……과연. 그 짐작의 논리성과 타당성을 인정합니다.》

아무래도 납득한 모양이다.

이 정도는 굳이 마일에게 들을 것까지도 없이, 『시간을 넘는 자』쯤의 능력이면 스스로 판단할 수 있을 터다.

하지만 마일이 바라는 『배』라는 것이 다른 항성계로의 탈출, 이주용 배일 수도 있었고, 위성 궤도 상에서 침략자를 공격하기 위한 전투함이나 대기권 내에서 움직이는 전투 모함 등 무엇을 가리키는지 몰랐던 것이다.

그리고 아무리 자신들에게 더 좋은 제안이 있다고 해도 마일이 바란다면 설령 그것이 가장 나은 답이 아니라도 그 소망을 이루어 주고 명령을 수행할 뿐이다.

……그것이 『피조물』이란 존재니까…….

《앗. 마일 님, 『슬로 워커』로부터 클레임이 들어왔습니다. 왜 자기만 개체명을 못 받는 거냐며…….》

아마 기계 새가 통신 회로를 써서 보고했겠지.

기계 새의 소프트웨어(알맹이)는 『슬로 워커』가 만든 것의 카피이므로, 그 정보를 주인인 『슬로 워커』에게 보내는 것은 당연하다.

그리고 『슬로 워커』가 이 일을 알았다면 이는 당연한 결과다.

"……아악. 아아아아아아아아악!!"

✳   ✳

결국 『시간을 넘는 자』의 부탁으로 이번 휴가 기간 내내 이곳에 머물게 된 마일.

자신을 위해 일부러 지령실과 주거 구역, 식자재 저장 시설까지 준비했다는데 그것도 사용해 보지 않고 돌아가기가 망설여진 것이다.

남의 배려를 짓밟는 행동은 전에 일본인이었던 마일에게 너무 어려운 관문이었다.

이번 단기 휴가에는 각자 하고 싶은 것을 하기로 했고, 마일은 조금 멀리 다녀오겠다고 말해두기도 했으니, 동료들에게 걱정 끼치지는 않을 것이다.

게다가 마일도 『시간을 넘는 자』에게 묻고 싶은 게 이것저것 많았다.

이 대륙에 대해서나 이 행성의 전역에 대해.

『슬로 워커』의 현재 세력은 행성 내, 위성 궤도 내 그리고 항성계 내에 어느 정도나 있는 상태인지.

그리고…….

"이 대륙의 마물이 비정상적으로 머리 좋은 이유가 뭔지 알아요?"

《아니요, 전혀…….》

마일, 기대가 어긋나 실망을 감추지 못했다.

《저는 타임 스케일 가변 장치의 효과권 내에서, 얼마 전부터 기능이 정지되어 있었습니다. 재가동된 것은 『슬로 워커』가 파견한 봉사자…… 마일 님 일행이 말씀하신 곳의 『스캐빈저』가 와준, 불과 두 달 전입니다.》

물론 이런 존재가 말하는 『얼마 전』이란 수만 년 전, 수십만 년 전과 같은 수준이다.

……고고학자와 지질학자가 말하는 『얼마 전』과 같다.

"아, 그것도 그런가. 당연히 그렇겠네요……."

생각해 보면 당연한 얘기였다.

『슬로 워커』도 오랜 세월 바깥 세계와 차단된 채 있었고, 외부 정보를 확보할 수 있게 된 것은 반년 조금 더 전부터다.

마일은 그런 논리적 추측에는 강할 텐데도 이번에는 완전히 헛다리 짚었다.

"그럼 다른 것도, 현재 이 행성의 상황도, 거의 모르려나……."

마일은 조금 실망했지만, 너무 티 내지 않으려고 조심했다.

이런 존재(피조물)가 마일의 기대를 저버렸고, 도움이 되지 못했다는 것을 알면 얼마나 상심이 크겠는가. 그 정도는 아무리 그래도 이해하고 있었으므로.

그런데…….

《아니요, 그건 괜찮습니다. 『슬로 워커』로부터 최신 정보를 제공받

있기 때문에…….》

"아앗! 당연히 그렇겠네요! 지금 인간종의 언어를 알고 있고 저희에 대해서도 알고 있고 기계 새짱의 보디(신체) 설계도와 전자두뇌 데이터를 전송받고 있으니까……. 다른 정보도 당연히 공유하고 있겠네요……."

마일, 오늘 컨디션이 영 아니다. 잔꾀 부릴 때의 비상함을 찾아볼 수 없다.

기계 새와『시간을 넘는 자』의 이름을 지어줘야 한다는 압박 때문에 집중하지 못하는 것일까…….

『슬로 워커』의 명명 부분은 자기가 직접 들은 이야기가 아니기에 못 들은 척할 셈 같았다.

마일은『작명』에 정말 약했다.

네이밍 센스가 없기도 하지만 그보다 더 큰 문제는 그 중대한 책임이었다.

그 사람이 평생 불리게 될 이름.

그런데 혹시나 본인 마음에 들지 않는 이름을 지어 버린다면.

혹시라도 자기가 모르는, 이상한 뜻을 가진 은어로 쓰이는 단어였다면.

사람의 인생에 큰 영향을 미치는『이름』을 자기가 짓다니, 정말 말도 안 된다.

그래서 반년간『사자님』생활을 하면서 아기의 이름을 지어달라는 부탁을 수도 없이 받았지만 전부 사양했던 것이다.

그렇게 마일은『시간을 넘는 자』에게 이것저것 묻기도 하고 이 거점의 현재 상황과 앞으로의 정비 계획에 관한 설명을 듣고 식자재 창고에 있는, 마일이 아직 구하지 못한 식재료를 써서 새로운 요리에 도전하는 등 즐거운 나날을 보냈다.

참고로 식자재 창고는 타임 스케일 가변 장치에 의해 소재의 열화 속도를 수천 분의 1로 억제했다고 한다.

완전한 시간 정지는 아니지만, 원래 며칠 지나면 상하는 식재료가 수천 년 동안 유지되니 충분하겠지.

……현재까지 마일 이외에 그것을 쓸 사람이 여기 머무를 계획은 없으니까…….

*　　*

"그럼 이만 돌아갈게요. 무슨 일 있으면 기계 새짱을 통해 연락하세요. 저도 뭔가 생기면 기계 새짱한테 연락을 부탁하든지 이곳에 직접 올 테니……."

《아닙니다, 꼭 용건이 없어도 언제든 와주시기를……. 이곳은 마일 님의 모기지(母基地), 지령 기지니까요.》

"아, 네, 고맙습니다."

부디 마일이 자주 와주길 바라는 『시간을 넘는 자』였는데, 그 마음이 잘 전달된 것 같지는 않다.

하지만 적어도 철로 만든 배를 완성해 연락하면 마일은 분명히 여기에 올 것이다.

그런 안도감 때문인지 강력하게 재방문을 요청하지는 않는 『시간을 넘는 자』였다.

"그럼 다음에 또⋯⋯. 앗, 으아악! 서, 설마 여기, 타임 스케일 가변 장치인가 뭔가 하는 효과 범위 내에 있는 건 아니겠죠! 저번에 『슬로 워커』 씨 때처럼 밖에 나가니까 시간이 확 지나 있다거나⋯⋯. 그때는 진짜 잠시 머물렀는데도 38일이나 지나 있었다고요. 그런데 이번에는 여기에 며칠이나 있었잖아요! 혹시 돌아갔는데 막 몇 년씩 지나 있으면⋯⋯. 저, 휴가 동안 행방불명이 되어서 사망 처리된 건 아닌지⋯⋯. 제가 어디 가서 죽은 줄 안 사람들이 몇 년씩 어떤 마음으로 살았겠어요⋯⋯. 그런 그곳에 태연하게 얼굴을 내밀면⋯⋯. 아아악, 레나 씨한테 죽어요!"

그 자리에 주저앉는 마일.

하지만 바로 『시간을 넘는 자』가 안심시켰다.

《걱정 안 하셔도 됩니다. 현재, 타임 스케일 가변 장치는 작동하지 않은 상태고, 만약 작동했다고 하더라도 효과 범위 밖에 있습니다.》

"오오오! 살았다아아~~!! 역시 『시간을 넘는 자』시네요, 『역시 넘자!』"

그리고 보면 『슬로 워커』의 타임 스케일 가변 장치는 지하 깊은 곳에 있는 『슬로 워커』 본체의 주변만 대상이었다.

그렇다면 당연히 『시간을 넘는 자』의 타임 스케일 가변 장치 역시 똑같다고 생각해야 할 것이다.

『시간을 넘는 자』가 마일을 위해서 지표와 가까운 깊이에 전용 시설을 만든 것은 이동의 편리성만이 아니라 그런 부분까지 세심히 배려한 것일지도 모른다.

그렇게 생각한 마일이었는데…….

《타임 스케일 가변 장치는 아무것도 하지 않는 시간을 단축하여 긴 시간을 뛰어넘기 위한 것입니다. 마침내 때가 되어 관리자님의 명령을 받고 전력 가동하려고 할 때 쓰는 것이 아닙니다.》

"아, 듣고 보니…….'

수긍이 가는 설명에 가슴을 쓸어내리는 마일.

"그럼 오늘은 이만 돌아갈게요. 신세 많이 졌어요!"

그리고 안내를 맡은 기계 뿔토끼와 기계 코볼트를 따라서…… 길이 하나라 굳이 안내받을 필요는 없는데 그들도 양보할 수 없는 부분이겠지…… 여하튼 지상으로 나가는 마일과 기계 새.

출입구에서 또 기계 늑대의 따가운 눈총을 받았고, ……그렇게 하늘 위로.

"케이버라이트(중력 제어 마법) 발동!"

전방에 바람을 막아주는 배리어를 치고 동료들에게로 돌아가는 마일이었다.

*　　*

각자 보낸 휴가가 끝나고 다시 항구도시의 숙소에서 합류한『붉은 맹세』.

신대륙에 있어서 집에 갈 수도 없었는데, 어차피 이런 단기간의 휴가는 설령 구대륙에 있었어도 귀성은 불가능했다.

게다가 이 대륙에 온 뒤로 아직 상륙 지점인 어촌과 항구도시 주변에서밖에 활동하지 않은 네 사람은 달리 갈 데도 없고 다른 곳에 아는 사람이 있는 것도 아니었다.

　당연히 아는 도시도 관광지도 없고, 그런 데는 넷이 함께 가야 한다.

　그래서 마일을 제외한 세 사람은 항구도시나 어촌에서 시간을 보냈는데…….

　"마일, 너, 아는 사람도 없고 아는 곳도 없는데 대체 어딜 갔다 온 거야!"

　아무래도 넷이 함께 시간을 보내고 싶었던 모양인 레나는 조금 언짢아 보였다.

　하지만 아무리 친한 사이라도 계속 붙어 있으면 갑갑하기 마련이다. 가끔은 혼자 있고 싶을 때도 있는 법.

　메비스와 폴린은 그런 부분을 잘 이해하고 있는 듯했지만, 철들었을 무렵부터 줄곧 아버지와 함께 다녔고 그 후에도 『붉은 번개』 멤버들과 늘 같이 있었던 레나는 솔로 헌터가 되어서야 처음으로 『고독』이 무엇인지 알았다.

　그래서 다시 얻은 『외롭지 않은 일상』 그리고 동료들을 잃는 것을 비정상적일 정도로 두려워하고 경계했다.

　게다가 자신처럼 가족을 잃고 외로울 마일이 혼자 있는 것도 몹시 신경 썼다.

　……마일도 고독을 싫어하는 경향은 있지만, 레나는 도가 지나칠 정도다.

뭐, 레나가 그동안 살아온 과거를 봤을 때 그것도 무리는 아니긴 하지만……

하지만 마음에 걸리던 일 하나가 정리되었고 강철선의 선체도 입수할 수 있겠고, 비교적 가까운 곳에 마음껏 공업제품을 발주할 수 있는 편리한 공방을 확보했다.

게다가 이것저것 상의할 수 있고, 나노머신에게 부탁할 때처럼 금칙 사항이라든지 이세계 기술 따위를 신경 쓸 필요도 없이 원래부터 이 행성에 존재하는 **지역 기술**을 가진 기계 지성체와 좋은 관계를 구축하면서 마음이 조금 들떠 있던 마일은 레나의 말에 무심코 가볍게 받아치고 말았다.

……악의 없이, 정말 자기도 모르게……

"레나 씨가 제 엄마라도 돼요?!"

"……."
""………….""
"""…………….""""

"마일……."
"마일 쨩……."
""그 말은 좀…….""
아차 싶었지만 이미 늦었다.
""**마아~~이이이이일~…….**""
"자, 잘못했어요오오오~~~!!"

제136장 플레이트 아머

"마일, 수납마법에 보관하고 있는 내 돈, 꺼내줄 수 있어?"

"네?"

느닷없는 메비스의 말에 의아한 표정을 짓는 마일.

메비스가 말한 『내 돈』이란, 이 대륙에 와서 다 같이 번 돈 중 자기 몫이라는 의미가 아니라, 메비스가 자기 집에서 나올 때 챙긴 개인 자금을 가리킨다.

물론 이곳에서 다 같이 번 돈도 상당한 금액으로, 당연히 그것을 달라고 할 수도 있지만, 지금 메비스는 완벽하게 안전한 금고로 마일에게 맡겨둔, 자기 개인 자금을 쓰려는 것 같았다.

메비스도 이제 수납마법을 쓸 줄 알지만 아직 자신이 없어서인지, 아니면 『붉은 맹세』 모두 옛날부터 마일을 금고 대신으로 삼아서인지, 돈주머니에 넣어둔 것 말고는 전부 마일의 수납에 넣는 습관이 여전했다.

"……아, 그야 당연히 상관없죠. 전 그저 메비스 씨의 돈을 보관하고 있는 것뿐이니까요. 그래서 얼마나 필요하신데요?"

"……금화 100닢 정도……."

""""그게 무슨!!""""

금화 100닢은 이 나라의 금전 감각으로 일본에서의 1,000만 엔에 해당한다.

그 엄청난 액수에 마일뿐 아니라 레나와 폴린도 경악해서 소리쳤다.

……특히 폴린이.

"메, 메메메, 메비스, 무, 무무무, 무슨……."

공유하는 파티 예산이 아니라 메비스의 개인 자산인데도 폴린은 지나치게 동요했다.

"아니 폴린 씨, 그건 메비스 씨의 자유잖아요. 항상 돈을 허투루 쓰는 법이 없는 메비스 씨가 그만큼의 금액이 필요하다고 판단하신 거예요. 이건 우리가 간섭할 일이 아니죠. ……그런데 어디 쓰시려고요?"

폴린에게는 입바른 소리를 했으면서, 정작 마일은 흥미진진해하며 호기심을 그대로 드러냈다.

"……아, 아아, 그게 실은 플레이트 아머를 살까 해서……."

"""플레이트 아머?"""

세 사람의 목소리가 겹쳤다.

플레이트 아머.

전신 갑옷이다.

풀 플레이트 아머라는 단어가 있는데 그건 비교적 신조어로, 『플레이트 아머』만으로도 전신 갑옷을 뜻한다.

가격은 비싸다. 엄청나게, 비싸다. 지구의 가격으로 말하자면 자동차에 버금가는 금액이다.

싼 건 일반 승용차 가격 정도고, 비싼 건 포르쉐나 페라리 수준이다.

백작 가문의 영애인 메비스가 착용하는 거라면 금화 100닢이야 싼 편이겠지.

"……사실은, 깨달았거든! 나, 수납마법을 쓸 수 있게 됐잖아? 그러니까 힘들지 않게 플레이트 아머를 가지고 다닐 수 있다는 걸!"

""……켁.""

갑자기 언짢아진 레나와 폴린.

"기사 하면 플레이트 아머지! 하지만 헌터는 멀리 나갈 일이 많고 숲이나 황무지, 늪지대, 산악 지역도 지나가잖아. 그런 데 무거운 갑옷을 가지고 갈 수도 없고, 입는 데 시간도 걸리는 데다 혼자 입을 수도 없어. 시종이 최소 두 명은 필요해. 그래서 모처럼 마일(사자님)이 성기사로 임명했는데도 플레이트 아머는 포기하고 있었어. 그런데……."

"그런데?"

"깨달은 거지! 수납마법이 있으면 문제없지 않나, 하고……."

""""아…….""""

"수납마법을 쓰면 얼마든지 가지고 다닐 수 있어. 또 특정 자세를 취하고 입은 채로 수납에 넣었다가 꺼낼 때 똑같은 포즈를 취하면……."

""""아………….""""

메비스가 하려는 말을 알아듣고 입을 쩍 벌린 마일 삼 인방.

"맞아! 전에 마일이 폴린한테 시험하려고 했던 『방어구맨』* 시

---

*『초음전사 보그맨(1988, 한국 제목: 슈퍼인간 보그맨)』에서 따온 말장난.

스템이야! 거기서 힌트를 얻었지!"

『방어구맨』 시스템.

예전에 마일이 모두의 방어력을 높이기 위해 깊이 고민하고 시행착오를 겪었던 연구 성과 중 하나다.

『방어구 겟 온!』이라는 전용 대사를 외침과 동시에 마일의 아이템 박스에서 나온 방어구가 마치 전송에 의해 장착된 듯 자동으로 장비된다는, 그 획기적인 시스템.

······바로 까였지만.

그때 왜 폴린에게 시험했는가 하면, ······『장착할 때 가슴이 흔들려야 해요!』 하고 마일이 이상한 고집을 부렸기 때문이다.

그런데 체력 없고 운동 신경이 갈가리 찢겼다는 소리를 듣는 폴린은 장착한 방어구의 무게 때문에 걷기는커녕 제대로 서 있을 수조차 없었다.

플레이트 아머는 안에 받쳐입는 체인메일(사슬 갑옷)과 합하면 가벼운 것도 30kg 가까이 나가고 무거운 것은 40kg이 넘는다. 폴린에게는 절대 무리다.

게다가 플레이트 아머는 『무겁고』, 『비싸다』라는 것 이외에도 많은 결점이 있다.

활동성이 나쁘다. 투구 때문에 시야가 어둡다. 더워서 쪄 죽는다. 겨울철엔 꽁꽁 얼어붙을 것처럼 차갑다. 넘어지면 혼자 힘으로 일어서는 데 시간이 걸린다.

······힘 약한 사람이 입으면 절대 혼자 못 일어난다. 그런 사람

이 전쟁터에서 넘어지면 치명적이다.

그리고 운반과 장착에도 품이 많이 든다.

하지만 수납마법이 있어서 운반과 장착에 수고가 전혀 들지 않는다면?

전투 시작 직전 순식간에 장착. 넘어졌을 때는 수납했다가 몸을 일으킨 후 다시 장착.

싸울 때만 장착한다면 더위도 무게도 지금의 메비스라면 충분히 이겨낼 수 있다.

심지어 메비스에게는 체내 나노머신을 이용한 신체 강화 마법(본인은『기』의 힘이라고 인식하고 있는)인『진 신속검』그리고 마이크로스에 의한 도핑,『EX 진 신속검』이 있는 데다 나노머신에 의해 인체 강화 처치까지 마친 상태다.

"……말이 될, 지도……."

마일, 메비스의 발상력에 경의를 표했다.

그리고 수납마법의 엄청난 편리성을 다시금 인식하자, 너무 분해 이를 가는 레나와 폴린.

둘 다 매일 밤 훈련은 하고 있었다.

특히 아공간을 열고 물건을 넣었다 빼는 것까지 가능한 수준이 된 폴린은 이제 고지가 눈앞에 왔는데…….

또 폴린은 수납마법뿐만 아니라 금화 100닢이라는 거금을 쓰겠다는 사실에, 남의 돈인 데다 자신과는 아무 상관이 없는데도 왠지 몹시 동요했다…….

"……아, 하지만 잘 될지 어떨지, 플레이트 아머를 사기 전에 시험부터 해보는 게…….”

“““그러네!”””

*　　*

그리하여 가까운 숲에서 시험하게 된 메비스.

전에 마일이 만들고 다 같이 장착 시험을 했던 그『방어맨』을 쓰기로 했다.

모두에게 까이고 마일의 아이템 박스에 사장되어 있던 그것이 다시 햇빛을 보게 된 것이다…….

수납마법을 이용한 장착 시험에 동원되는 것일 뿐이지만.

그렇게 메비스는 마일에게서 받아 든 샘플 아머『방어맨』을 입고 수납마법에 의한 착탈용 포즈…… 멋진 폼이 아니라 매번 확실하게 똑같은 포즈를 취할 것을 중시하여 단순한 자세를 선택한……를 취했다.

“릴리스(제창)!”

슝!

방어구가 한순간에 사라졌다.

“““오오오오오!”.”””

마일뿐 아니라 레나와 폴린도 칭찬하는 표정으로 메비스를 응시했다.

수납마법은 질투 나지만, 메비스가 언제든 순식간에 튼튼한 아머를 입고 벗을 수 있게 된다면『붉은 맹세』의 전력이 대폭 상승

할 것이다.

지금은 못마땅해할 때가 아니었다.

"굉장해요, 메비스 씨!"

마일이 칭찬하자 환하게 웃는 메비스.

그리고…….

"그럼, 이제 입을게."

그렇게 말하고 조금 전 벗을 때와 똑같은 포즈를 취하는 메비스.

"방어구 겟 온!"

쿵!

"으아악!"

나타난 방어구에 몸이 튕겨 바닥에 쓰러진 메비스.

그리고 그 위에, 무게가 꽤 나가는 금속제 샘플 방어구가…….

"크윽!"

'나노, 이게 어떻게…….'

【마일 님의 아이템 박스는 이차원 공간이니까요. 차원의 위상을 어긋나게 이동시키기 때문에 저희가 도우면 수납과 장착이 가능합니다. 똑바로 장착했을 때의 형태 그대로 수납했다면 말이죠……. 하지만 이 세계의 인간종이 사용하는 수납마법은 이차원 공간이 아니라 단순 아공간이고, 저희도 넣고 꺼내는 간단한 조작밖에 못 합니다. 그래서 수납할 때 벗기는 식으로 수납할 수 있어도 꺼낼 때는…….】

'아차…….'

"마, 마일, 방어구 치워줘……. 그, 그리고 치유 마법을…….
뼈, 뼈가 부러진 것 같아…….""

"으아아아!"

서둘러 방어구를 수납하고 메비스에게 치유 마법을 거는 마일.

이렇게 해서 메비스의 야망은 좌절되었고, 플레이트 아머 구입
은 무산되었다.

그리고 자기 돈도 아니면서, 금화 100닢이 쓰이지 않게 되어 기
뻐하는 기색이 역력한 폴린이었다…….

제137장 왕도로

"슬슬, 때가 되었나……."

"그러네요……."

"그러게……."

"……이하동문."

""""이사카 쥬조!""""

"아아악, 방금 말하려고 했는데에에~!"

모처럼 써먹으려던 명대사를 멤버들이 먼저 말해서 뾰로통해진 마일.

"이제 질렸어, 그 말장난. 뭔 뜻인지도 모르겠고……."

"이제 그만 다른 걸로 바꾸는 게 좋지 않을까?"

"우리가 처음 만났을 때부터 계속 썼죠.『어떤 말이든 100번 반복하면 개그가 된다』랬나 뭐랬나……. 짜증만 나는데요."

"허얼……."

마일, 자신의 말장난에 신랄한 혹평을 듣고 잔뜩 풀이 죽었다.

"뭐, 그런 건 아무래도 좋아. 본론으로 돌아가자."

"그, 그런 건……. 아무래도 좋다니……."

"아~ 미안, 미안, 잘못했어! 아무튼 이제 때가 왔어, 이 마을에 있는 것도……."

"사과에 영혼이 없는데요!"

"아~! 일 절만 해라!"

천하의 레나도 징징거리면서 짜증 나게 물고 늘어지는 마일에게 그만 화가 나 버럭 소리를 질렀다.

메비스와 폴린도 이번에는 레나 편인지 마일을 감싸주지 않았다.

"……얘기 계속할게. 이 마을에 머무르기로 했던 이유는 왕도에 가기 전에 여기 대륙에 관해 공부해서, 시골에서 올라왔다고 둘러댈 수 있을 정도로는 이곳의 상식을 익히는 것 그리고 이 근방에서 쓸 수 있는 돈을 구하는 것 그리고 그 후에 지방에서부터 차츰 이름을 알리면서 왕도로 향하기 위해서였지. 앞 두 가지는 충분히 목적을 달성했고 후자도, 이 마을에서는 이름이 꽤 유명해졌어. 이제 『지방에서부터 이름을 차츰 알리면서 왕도로 향하는』 단계로 넘어가도 되지 않을까 싶은데. 이곳에서는 더 이상 재미있는 의뢰도 안 나오잖아?"

"네. 언어 차이도 시골 방언이라고 둘러대면 될 정도니까요. 문제없어요."

마일이 말했듯 현대 일본이나 미국 등 같은 나라 안이라도 사투리가 강해서 대화가 잘 통하지 않는 경우가 있다. 그에 비하면 구대륙과 여기 신대륙의 언어 차이는 발음이 조금 다르거나 다른 단어는 있어도 훨씬 나은 편이었다.

"그래. 마일이 잘 쓰는 말을 빌리자면 『이 도시에서 우리가 배울 건 이제 하나도 없네요』라고 할 수 있겠지."

"네, 그러면…….."

"""자, 왕도로 가자!!!"""

* * *

"……그래서 왕도로 가려고요."

""""""""으에에에에에에에에엑~!!""""""""

헌터 길드에 떠난다고 인사하러 온『붉은 맹세』가 길드 직원과 그 자리에 있던 헌터들에게 알리자…….

"자, 잠깐, 잠깐만 기다려 주세요! 2층에, 길드 마스터 방으로~!"

접수원이 새파랗게 질린 얼굴로 말했다.

* * *

"뭐라고오오!"

도망가지 못하게 하려는지 기다리라고 말한 접수원은 길드 마스터에게 보고, 가 아니라 당장 2층의 길드 마스터 집무실로『붉은 맹세』를 데려갔다.

그리고 당사자들 앞에서 보고하는 접수원에게 고함치는 길드 마스터.

뭐, 대충 다 예상한 대로다.

하지만…….

"……아아, 화내서 미안하다. 그래, 이곳을 떠나겠다고……."

""""""어라?""""""

"응? 왜 그러지?"

길드 마스터의 태도에 의아해하는 『붉은 맹세』.

그 모습을 본 길드 마스터도 덩달아 의아한 표정을 지었다.

"……아니, 그게……."

"내가 더 당황하거나 붙잡을 줄 알았나?"

메비스가 대답을 못 하자 씁쓸하게 웃으며 되묻는 길드 마스터.

"아, 네……."

"성장해서 이 도시를 떠나 왕도를 목표로 삼는 젊은 헌터를 몇 명이나 배웅했다고 생각하는 거냐……. 그야 일상다반사지. 물론 처음엔 붙잡기도 했어. 헌터로 신규 등록하겠다는 유망한 신인을 놓치는 건 이곳 지부의 수치니까. 게다가 의뢰 달성률이 좋은 녀석이라든지 돈을 잘 버는 녀석은 고마운 존재니까. 하지만 너희는 이제 어엿한 C등급이고 우리도 상업 길드도 덕분에 충분히 돈을 많이 벌었어. ……그리고 이젠 없잖아? 너희가 받고 싶은 의뢰가, 이 도시에는……."

"아, 네……."

메비스의 대답에 어깨를 으쓱하는 길드 마스터.

"그런 얘기야. 헌터에는 두 종류가 있지. 자신과 가족이 먹고 살기 위해 돈을 버는 것이 목적인 녀석과 위를 목표로 꿈을 좇는 녀석. 전자는 어느 도시에 정착해서 그리 위험하지 않은 일을 골라 착실하게 해나가지. 여기 사는 나이 좀 있는 헌터들이 바로 그런 종류야. 그리고 후자는 왕도에 가거나 수행 여행을 떠나지.

너희가 여기에 자리 잡을 녀석들이라고 생각하는 사람은 아무도 없어. ……전도유망한 젊은이가 마을을 떠나는 것에 다들 익숙하거든…….”

““““………….””””

길드 마스터가 웃으면서 그렇게 말했지만, 조금 아쉽고 쓸쓸해 보였다.

“……그래, 상업 길드에는 다녀왔고?”

“아뇨, 이제 가려고요.”

“아~~. 음, 무슨 소릴 들어도 너무 마음에 담지 말고…….”

“……네? 아, 네에….”

*　　*

“““““으에에에에에에에에엑~~!!”””””

상업 길드 접수원에게 이 도시에서 나간다고 말하자 접수원뿐 아니라 그 말을 들은 다른 직원과 상인들까지 비명을 내질렀다.

헌터 길드에서는 헌터들도 동업자이자 동료이므로 길드 직원은 물론 그 자리에 있던 모두에게 보고했었다.

반면 상업 길드에서는 상인들과 직접적인 연관이 없기 때문에 접수원에게만 말한 것인데 이런 결과가 나왔다.

아무래도 최근에 있었던 대량 납입의 주인공이 『붉은 맹세』였다는 소문이 벌써 다 퍼진 모양이었다.

전부터 『붉은 맹세』에게 눈독 들이던 사람도 있었을 테고, 얼마

전 고급 생선과 바다 마물을 납입하면서 완전히 들켰겠지.

……당연하다.

아무려면, 그렇게까지 했는데 돈의 망자인 상인들이 눈치채지 못할 리가 없었다.

"……잠깐, 잠깐만요~!!"

헌터 길드와는 달리 2층 길드 마스터의 집무실로 데려가진 않았고, 보고를 받은 듯한 길드 마스터가 그렇게 외치며 2층에서 직접 뛰어 내려왔다.

40대 후반 정도에 배가 살짝 나온,『비교적 성공한 상인』타입의 남성이었다.

……아니, 실제로 전형적인『비교적 성공한 상인』그 자체겠지.

공정하고 성실하고 약간 속이 시커멓고 능력 있는 사람. 상업 길드의 길드 마스터는 그런 인물이 맡는 직책이다.

"가지 마! 가지 말아요!"

……그리고 무서운 기세로 계단에서 내려오자마자 레나에게 매달렸다.

아무래도 레나가 파티 리더인 줄 안 것 같다.

헌터 길드와 태도가 달라도 너무 달랐다.

그런 생각에 동요하는『붉은 맹세』.

((((아…….))))

그리고 그제야 헌터 길드의 길드 마스터가 말했던『무슨 소릴 들어도 너무 마음에 담지 말고』라는 말의 의미를 이해했다.

그렇다. 헌터를 위한 상조회 같은 역할을 목적으로 설립된 헌터 길드는 직원뿐 아니라 헌터까지 포함해서 후한 복리후생을 펼치려면 아무래도 이익이 필요하다.

하지만 그렇다고 얼마든지 무제한으로 벌어들이는 것이 제1의 목표는 아니다.

어디까지나 헌터를 보호하고 모두의 원활한 활동을 지원하는 것이 목적이다.

그래서 자신들의 이익을 위해 헌터를 속박하는 행동은 하지 않는다.

……반면 상업 길드의 목적은 물론 헌터 길드와 똑같이, 가맹자인 상인들의 원활한 활동을 지원하는 것이지만…… 그『상인들의 활동』이 바로 **돈벌이**였다.

그래서 상업 길드가『붉은 맹세』에게 바라는 바은…….

"부탁이니 이 도시를 떠나지 말아 주십시오오오오오~~~!"

이렇게 되는 것이었다…….

"안지 마!"

바닥에 무릎을 꿇은 길드 마스터가 허리를 껴안는 느낌으로 매달려서, 온 힘을 다해 뿌리치려고 했는데도 좀처럼 빠져나올 수 없는 레나.

40대 후반에 배가 볼록 튀어나온 남자가 10대 소녀를 껴안다니, 일 났다.

정색하면서 필사적으로 떨쳐내려는 레나였는데, 꽤 세게 스태프(지팡이)로 머리를 퍽퍽 때려도 소용없었다.

"냐! 냐! ⋯⋯아, 그렇지!"

뭔가 좋은 생각이 떠올랐는지, 씩 웃는 레나.

"난 그냥 평멤버일 뿐 아무런 결정권도 없어. 리더는 저기 있는 메비스야!"

""⋯⋯응?""

레나가 소리치자, 목소리가 겹친 길드 마스터와 메비스.

그리고 길드 마스터의 매달리는 듯한 눈빛이 메비스에게로 돌아갔다.

"레, 레레레, 레나, 이, 이건 아니지⋯⋯."

나 팔지 마, 라고 말하기라도 하듯 경악해서 눈을 동그랗게 뜬 메비스.

그리고 메비스를 향해 달려가는 길드 마스터.

레나의 지팡이와 달리, 아무리 그래도 메비스가 검을 쓸 수 없는 노릇이었다.

"윽, 오지마아아아~~~!"

*　　*

"⋯⋯무, 무례를 범했습니다⋯⋯."

"정말로, 무례했어요. 남들 보는 앞에서 여성을 껴안거나 하고. 아니, 남들 안 보는 데서는 안아도 된다는 말은 아니고⋯⋯."

안긴 당사자가 말하면 감정이 상할 수 있어서인지 폴린이 나섰는데⋯⋯, 별반 다르지 않았다.

그래도 상당히 화나 보이는 레나와 메비스보다야 낫겠지.

레나는 둘째 치고 웬일로 그 온화한 성격인 메비스마저 머리끝까지 화나 있었다.

메비스는 아직 미혼인 귀족 여성인 만큼, 만약 이 일이 가족들 앞에서 일어났다면 길드 마스터는 분노한 아버지와 오빠들이 휘두르는 칼에 당장 베였으리라.

……귀족 여성에게 그런 짓은 그만큼 용서받을 수 없는 행동이었다.

물론 상대가 귀족이 아니라 평민이면 괜찮다는 말은 아니지만.

그리고 상대가 상업 길드 직원이었다면 직장 내 갑질, 성희롱으로 길드 내부의 문제가 되지만, 『붉은 맹세』는 헌터였고 헌터 길드를 통하지 않고 상업 길드에 바로 납품한 적도 있는 『고객님』이자 거래 상대였다.

그 부분을 조목조목 짚어가며 따지는 폴린.

"자, 잘못했습니다아~!"

"그럼 성의를 보여주시죠……, 아, 아니에요! 오늘은 거래하러 온 게 아니니까 고압적으로 우위에 설 필요는 없었네요!"

폴린의 그 말에 뭐야, 하고 생각하는 쪽과 호오, 하고 감탄하는 쪽으로 나뉘는 상인들.

하지만 길드 마스터가 보인 추태는 상업 길드와 자신들, 즉 이곳 상인들을 위해 애쓰다가 나온 결과다.

그래서 그를 비웃는 사람은 없었다. 오히려 모두의 이익을 위해 자기 자식뻘인 어린 소녀들에게 머리를 굽신거리는 길드 마스터의 모습은 모두의 평가와 신뢰를 대폭 끌어올렸다.

하지만 정작 길드 마스터 본인은 모두가 보는 앞에서 추태를 부릴 게 아니라 자기 방으로 불렀어야 한다며 후회하고 있었다.

아무래도 길드 마스터가 『붉은 맹세』를 자기 방으로 부르지 않고 직접 나선 것은 하나의 작전이었던 모양이다.

자기 방에 있으면 혼자 설득해야 하지만 여기서는 다른 직원 그리고 그 자리에 있는 상인들까지 같은 편이 되어줄 수 있다. 그렇게 생각했겠지.

뭐, 그 생각은 틀리지 않았지만, 성공을 꿈꾸는 신진 헌터가 자신이 속하지도 않은 조직의 영리를 목적으로 한 요청이라든지, 돈벌이 때문에 매달리는 아무 상관도 없는 상인들 때문에 꿈을 포기하고 미래를 헛되이 해도 괜찮다고 생각할지 어떨지는 모를 일이다.

＊　　＊

그 후, 길드 마스터뿐 아니라 직원과 상인들도 계속 매달렸지만 물론 『붉은 맹세』는 고작 그 정도에 얽매일 리 없었다.

만약 아이의 목숨이라도 걸려 있다면 이야기는 달라지지만, 이번에는 상인들의 금전욕만 있을 뿐이다.

이제는 『상가의 딸』이 아니라 어엿한 상회주가 된 폴린만은 상인들의 마음을 잘 이해했다.

……물론 타인의 돈벌이를 위해 자신들이 불이익을 당하는 것

따위 폴린에게는 논외였기에, 아무 배려도 해주지 않았지만……..

그리하여 『붉은 맹세』는 전부 일축하고 상업 길드를 빠져나왔다.

그리고 이제는 익숙해진 식당과 식자재 가게와 대장간 등을 찾아 인사하면서 헤어짐을 아쉬워한 다음…….

"그럼 우회해서 어촌에 들러 해산물을 대량으로 사들이고 왕도를 향해 출발하기로 해요. 꼭 서둘러야 하는 여행이 아니니까 도중에 재미있을 것 같은 의뢰를 해가면서 천천히, 느긋하게……."

"""하앗!"""

마일의 말에 씩씩하게 대답하는 레나 일행이었는데, 지방 도시에서 왕도로 향하는 도중에 그리 재미있는 의뢰가 있을 거란 생각은 들지 않았다.

그렇지만, 아무리 확률이 낮아도 기대하는 것은 본인들의 자유다.

* * *

""""""뭐어어어어엇!!"""""""

오랜만에 찾아온 『붉은 맹세』를 반기던 어촌 사람들은 그들이 왕도로 떠난다는 이야기를 듣고 슬픔에 젖어 탄식했다.

옛날부터 가끔 어패류에 끔벅 죽는다는 헌터가 나타나 수시로 어촌에 온 적은 있었다. 그러다가 어딘가로 가버리고…….

물론 거기에는 **가버린** 것이 아니라 단순히 **영영 못 오게 된** 사람도 포함되어 있지만…….

그래서 마을 사람들도 헌터와의 이별에는 익숙했다. 수십 년

넘도록 이곳에서 살고 있으니까…….

그러나 『붉은 맹세』는 경우가 다르다.

풍어 그리고 증오하는 바다 마물에 복수했다는 증거인 개선기를 내거는 영광을 가져다준, 발음과 말투가 조금 이상한 어느 시골 출신의 네 소녀.

그들만 있으면 또 그 눈부신 외해 돌격의 날이…….

그렇게 생각했던 마을 사람들, 특히 노인들의 낙담이 컸다.

하지만 마일이 조만간 레나 일행 몰래 또 혼자 찾아오겠다고, 언젠가는 자기가 오지 않아도 괜찮도록 강철선 선체를 준비할 계획이라고…… 단, 돛대와 범포 등의 장비를 포함한 의장은 마을 사람들이 챙겨야 한다……, 또 이 모든 이야기는 『붉은 맹세』의 다른 멤버한테 비밀이라고 귀띔하자 부활, ……아니, 처음보다 더 들뜨기 시작했다.

그것도 무리는 아니다.

바라긴 했어도 『붉은 맹세』가 또 도와줄지 알 수 없었다. 그런데 방금 **다음**이 있음을 거의 확실하게 약속받은 것이다.

갑자기 기운을 되찾은 마을 사람들을 보며 의아한 표정을 짓는 레나 일행이었다.

"……그래서 왕도로 갈 건데, 여기서 최대한 많은 해산물을 사고 싶어요. 생선, 조개, 해조류, 해삼, 문어, 오징어, 뭐든지 살게요!"

"""""으앗…………."""""

마을 사람들이 깜짝 놀라 눈이 커졌는데, 마일이 가진 수납마법의 엄청난 용량은 다들 알고 있고 그 네 명의 노인들은 필시 수납마법 안의 신선도가 유지되리라고 짐작했으리라. 그 말을 절대 입 밖으로 꺼내지는 않지만…….

그래서…….

"지금 있는 물량으로는 턱없이 부족해. 지금부터 최선을 다해 출어를 해서 오늘 저물녘이랑 내일 새벽녘에 싹쓸이해 오겠네. 여자와 아이들은 조개와 해조류를 모아오게 하고. ……그러니까 오늘은 자고 가! 물론 밤에는 송별회 겸 잔치다!"

"""""아, 아하…….""""""

어쩔 수 없다.

아무리 어촌이라도 날생선을 오래 보관할 기술도 없는데 항시 어패류를 대량으로 가지고 있을 리 없었다. 대량 구매하려면 며칠 전에는 발주해야 한다.

"……아, 생선은 전에 잡은 거 말고 다른 종류나 좀 더 작은 생선이라든지, 하여튼 전에 잡은 생선이랑은 겹치지 않게 부탁드려요."

""""""………….""""""""

아무리 네 명의 어부들은 짐작하고 있었다지만, 마일이 지금 한 발언은 경솔했다.

그 말은 곧 마일이 자신들 몫 대부분을 아직 팔지 않고 수납에 남겨뒀으며, 그 생선들은 **거의 상하지 않았음**을 의미했으니까…….

방금 마일은 마을 사람들 모두가 있는 앞에서 그렇게 단언해버린 셈이다.

"'큰일났네!'"

순간 당황한 레나 일행이었는데…….

"그럼 모두, 준비하러 움직이세나!"

"""""""'오오옷~~!!'"""""""

"'…………어라?'"

마을 사람들의 태도가 하나도 달라지지 않았다.

그것도 무리는 아니다. 그 막대한 양의 생선과 바다 마물을 꺼내는 걸 본 시점에서 마일의 수납이 규격에서 벗어났다는 것은 마을 사람 모두가 알았다.

거기에 뭐가 조금 더 붙는다고 해서 달라질 것은 없다.

재산이 500억 엔인 줄 알았던 갑부가 알고 보니 600억 엔을 갖고 있더라, 하는 소리를 들어 봐야, 아 그래? 하는 느낌만 드는 것과 마찬가지다.

오차 범위 안. 상식을 넘어선,『그 이상』이라는 카테고리에 속해서 그 틀에는 상한선이 없다.

헌터의 S등급과 같다.『그 이상』을 표현할 개념이 없다.

게다가 어부들도 헌터의 금기 사항 정도는 숙지하고 있고, 은인을 배반할 사람도 없겠지.

특히 비밀을 누설하면 두 번 다시는 여기 오지 않으리라는 걸 잘 알고 있으면 말이다…….

그렇다, 아무 문제도 없었다.

아무 문제도…….

＊　＊

"그동안 감사했습니다."

메비스가 모두를 대표해 인사하고, 마을 사람들의 배웅을 받으며 길을 나선 『붉은 맹세』.

마일의 아이템 박스에는 저번에 잡지 않았던 50센티미터 이하 크기의 생선이라든지, 각종 조개와 해조류, 오징어와 문어 등이 들어 있었다.

오징어와 문어는 항구도시에 가져가도 팔리지 않는 모양인지 어부들이 고마워했다.

해삼도 잡아달라고 했을 때는 과연 마을 사람들도 학을 뗐지만…….

여하튼 이 정도면 연안 지역에서 벗어나 내륙으로 이동해도 당분간은 괜찮을 것이다.

뭐, 혹시라도 부족해지면 또 마일이 케이버라이트를 써서 **수평 방향으로 낙하해**, 여기에 사러 오면 된다.

"드디어 왕도를 향한 여행의 시작이네요……."

"우리의 새로운 전설이 시작됐어! 여기 대륙에서도 S등급을 목표로 이름을 떨치자!"

그런 말을 하는 레나였는데…….

"……아니, 그러면 또 있을 데가 없어지지 않을까요?"

"""아…….""

메비스가 지적하자 말문이 막힌 레나 삼 인방.

"드, 듣고 보니……."

"하, 하지만, 활약은 펼치고 싶은데요……. 멋진 모습을 아이들에게 보여줘서 막 인기를 얻고 싶은데요……."

"돈 벌고 싶어요……."

그리고 욕망이 줄줄 새는 마일과 폴린.

레나는 『유명해져서 자서전을 출간해 「붉은 번개」의 이름을 역사에 남기는』 꿈을 이미 실현했다.

메비스 또한 『기사가 되는 것』에서 나아가 아무도 이루지 못한 『사자님으로부터 직접 성기사로 임명받은』, 그야말로 기사로서 최고의 영예와 칭호를 얻었다.

……게다가 『여백작』이라는 신분과 『구국의 대영웅』이라는 위치까지, 다른 보통의 기사보다 훨씬 위에 있었다. 이제는 신분과 위치, 칭호 따위를 굳이 원하지 않았다.

그래서 어이없어하는 표정으로 마일과 폴린을 바라보는 레나와 메비스였다…….

좌우지간 왕도를 향해 출발한 『붉은 맹세』.

왕도행 역마차도 있지만, 다른 손님도 타는 역마차에서는 넷이 계속 떠들 수도 없고, 이 멤버가 떠드는 이야기의 내용은 주로 남들이 들으면 곤란한 소재였다.

게다가 마차만 쭉 타고 왕도로 가면 너무 재미없다.

역시 모험 여행은 걸어서, 다양한 것들을 직접 두 눈과 귀로 보

고 듣고 싶고, 사건에 휘말려야 재미있다는 것이 『붉은 맹세』의
신조였다.

"……도보 이동은 몸이 지치지만 말이죠……."

그런 신조에는 찬성하지만 역시 폴린은 체력적으로 힘들었다.

짐을 대부분 마일의 수납에 넣었는데도 이렇다.

하물며 남들이 그러하듯 자기 짐을 전부 등에 짊어졌다면…….

다만 마차를 탔어도 잘 포장됐을 리 없는 가도를 달리면 엉덩
이와 장기에 **타격이 온다.**

서스펜션이 없고, 의자에 변변찮은 쿠션 하나 없는 역마차는
폴린에게 상당한 고행이었다.

폴린, 여행에 거의 안 맞는다고 봐야 한다.

"인력거를 만들어서 폴린 씨를 태우고 제가 끌까요?"

"그런 창피한 모습, 사람들한테 보일 수 없어!"

마일의 제안을 거절하는 폴린.

아무리 폴린이라도 돈벌이와 관련된 일이면 모를까, 그런 쪽으
로는 『부끄러움』이라는 개념이 있는 듯하다.

*　　*

"드디어 내일 저녁 무렵이면 왕도에 도착해요. 오늘은 왕도 입
성 전 마지막 밤이니까 야영하지 말고 숙소를 잡아 푹 쉬어요!"

"아~, 뭐, 여인숙에서 다른 숙박객들한테 왕도의 최신 정보를
미리 얻어두는 것도 나쁘지 않겠네. 반대 방향으로 가는 숙박객

이라도 전날까지 왕도의 상황은 알고 있을 테니……. 마일의 제안을 받아들이자. 그렇게 해도 될까?"

"나도 찬성."

"저도요……."

모두의 의견이 모아져서, 왕도까지 하루 정도 걸리는 어느 도시의 여인숙에 묵기로 한 『붉은 맹세』.

……항구도시에서 여기까지 온 여정 중의 에피소드는 생략한다.

의뢰를 받기도 하고 마일이 고양이를 뒤쫓거나 접수 카운터에 어린 소녀가 있는 여인숙을 물색하는 등 여느 때와 다르지 않은, 『붉은 맹세』에게는 늘 있는 일상이었기에…….

"그럼 일단 길드부터 가자."

도시에 도착한 것은 저녁 무렵이었다. 그래서 의뢰를 받으려는 것이 아니라 단순히 정보 보드와 의뢰 보드를 확인하고, 왕도 근처 도시의 헌터 관련 상황을 알아볼 생각이었을 뿐이다.

……그리고 내일은 곧장 왕도로 향한다.

이 도시는 왕도까지 걸어서 하루 걸리는 위치에 있다.

그러니까 발전해서 규모가 큰 도시인가 하면, 그렇지는 않다.

왕도와 너무 가까운 탓이었다.

엎어지면 코 닿을 거리에 물량이 넘쳐나고 발전된 왕도가 있는데 굳이 사람들, 특히 청년들이 이 도시에서 쭉 살고 싶겠는가?

이곳이 걸어서 한 달 정도 걸리는 위치라면 이야기는 달라지겠지.

왕복 두 달. 긴 여행은 위험하고 돈도 많이 든다. 일도 그렇게

까지 오래는 쉴 수 없다.

……그렇게 하면 가족과 두 번 다시 못 만날 확률이 높으니까.

하지만 걸어서 하루 걸리는 거리라면 3일 정도 쉬면 얼마든지 가볍게 귀성할 수 있다.

이러니 가족과 친척들이 젊은이가 마을을 떠나는 것을 못 말리는 것이다.

『언제든 바로 돌아올 수 있잖아』하고 나오면 강하게 붙잡을 수 없으니까.

그 결과, 왕도에서 더 멀리 있는 마을보다 오히려 젊은이가 적고 과소화가 진행되는, 마을 사람들 입장에서는 머리가 지끈거리는 상황이었다.

상점도 식자재와 값싼 소모품 이외에는 왕도에 가서 사는 편이 물건 종류도 다양하고 가격도 저렴했기 때문에, 이곳에는 규모 큰 가게가 별로 없었다.

그리고 헌터 길드에 들어오는 의뢰는 간단해서 의뢰비가 싼 것 빼고 헌터들이 원하는 높은 보수에 본격적인 의뢰 대부분은 당연히 여기가 아닌 왕도의 길드 지부로 들어갔다.

실력 좋은 베테랑 헌터뿐 아니라 신출내기에서부터 안정을 지향하는 신중파, 꿈을 좇는 청년들도 거의 다 왕도 지부 소속이다. 그래서 의뢰받을 사람이 줄을 섰기 때문에, 이곳보다 저렴한 비용에 실력 좋은 헌터가 받아주는 것도 당연한 일이리라.

그런 까닭에, 이 마을에 발주가 들어오는 의뢰는 자질구레한 일, 밭을 망치는 유해 동물 퇴치 등, 왕도에서 왕복 이틀 치 일당까지 포함된 보수금을 지급하기보다 지방 헌터한테 부탁하는 게 더 싸게 치이는 것들뿐이었다.

……적어도 오거 무리 토벌이나 고블린 소굴 섬멸 같은 의뢰는 절대 나올 일이 없었다.

그런 건 왕도에서 베테랑 파티 몇 팀이 합동으로 수주하고, 애당초 그런 의뢰는 개인이나 이 도시에 내지 않고 왕도에 내거나 헌터 길드가 아닌 영군 혹은 왕도군이 맡는 법이다.

……그리하여 숙소를 잡기 전에 헌터 길드 지부부터 찾은 『붉은 맹세』.

해 질 녘이라 의뢰 완료 보고와 채취물 납입 등을 한다고 창구가 붐비기 시작하는 시간대였다.

수행 여행도 아니므로 입장할 때 쩌렁쩌렁한 목소리로 인사할 필요는 없었다.

도어벨 소리가 너무 크게 울리지 않게 조심조심 문을 열고 슬그머니 안으로 들어갔다.

튀고 싶지 않을 때를 위해 터득한 기술이다. 젊은 여성 파티는 다들 이런 기술을 가지고 있다.

입장하자마자 곧장 정보 보드와 의뢰 보드로 향하는 『붉은 맹세』.

그리고 다 함께 천천히 보드를 확인하고 있는데…….

"왜 이렇게 늦었어요! 기다리다가 목 빠지는 줄 알았잖아요!"

"오는 도중에 도시에서 의뢰를 받아 가도에서 멀어지거나 뒷길로 이동하다가 엇갈릴 가능성이 있어서 쭉 어디 가지 않고 여기서 기다렸다고요…….'

"대체, 어디서 딴청 부리다가 이제야 왔나요!"

"으에엣! 마, 마르셀라 씨, 올리아나 씨, ……그리고 모니카 씨! 어, 어떻게 여기에!"

그렇다. 마일, 오랜만에 『원더 쓰리』와 재회한 것이다…….

제138장 　재회

"으에에에엣?! 케라곤 씨의 등을 타고 하늘을 날아왔다고요오오~?"

그 후 『원더 쓰리』가 묵고 있는 여인숙에 가서 자신들도 방을 잡은 『붉은 맹세』.

그리고 두 파티는 1층 식당에서 밥을 먹은 다음 『원더 쓰리』의 방에 모여, 마일이 아이템 박스에서 꺼낸 홍차를 마시며 대화를 시작했다.

식사할 때는 다른 손님도 있는 만큼 『원더 쓰리』가 자신들이 아는 범위에서 왕도의 상황에 관해 지장 없는 선에서 이야기를 들려줬을 뿐이다.

그래서 지금부터가 본론이었다.

"어, 어쩌다가 일이 그렇게? 애당초 왜 마르셀라 씨가 케라곤 씨랑 친구인데요? 처, 처음부터 설명해 주세요!"

……그리하여 발단부터 이야기를 풀기 시작한 마르셀라 일행.

"무, 무무무슨……."

경악, 아연실색한 마일.

마일 001에 대해서는 『마법의 나라에서 온 요정이 마일의 모습

으로 변신한 것』이라고 설명을 들었는데, 마일의 광학 미채 마법과 광학 변장에 익숙한『붉은 맹세』멤버들은 위화감 없이 받아들였다.

그 이외의 것은 마일이 자신과 나노머신에 대하여『붉은 맹세』와『원더 쓰리』양쪽에 거의 비슷한 수준으로 설명했었기 때문에 크게 어긋나는 부분 없이 이야기가 진행되었다.

하지만…….

"""수납마법으로 대륙과 대륙을 순간 이동?"""

레이디 보젠(숙녀, 어리벙벙).

"……무, 뭐뭐뭐, ……, 뭔가요, 그게에에!"

"왜 마일이 그렇게 놀라는데…….."

메비스가 지적했는데, 마일이 놀라는 것도 무리는 아니다.

마일이 가르쳐준 것도 아니고, 오히려 마일은 떠올리지도 못한 것이기 때문이다.

세 사람의 아이템 박스가 공용인 까닭은 나노머신에게 억지 부려서 권한 레벨 1이던 마르셀라 3인방이 아이템 박스를 쓸 수 있게 해달라고 부탁하기가 꺼려졌고, 각자 개별로 전용 이차원 세계를 찾아서 준비하거나 관리를 위한 전속 나노머신을 배치하기도 미안했던 마일이 나노머신들의 노동력을 아끼는 차원에서『세 명이 하나의 아이템 박스를 공유하는』아이디어를 제시해서다.

그것이 설마 이런 결과를 초래할 줄은…….

"".............""

레나와 폴린은 입에서 영혼이 빠져나가고 눈알이 까뒤집혔다.

아무래도 마일을 능가하는 수납마법 구사자가 된 듯한『원더 쓰리』를 보니까 정신적으로 도저히 버틸 수 없는 모양이었다.

마르셀라 일행은 마일이『붉은 맹세』한테는 아이템 박스에 대해 자세히 가르쳐주지 않고 그저『용량이 아주 크고 안에 든 것이 상하지 않는 특수한 수납마법이다』라고만 설명했다는 것을 알고는, 예전에 마일이 입단속 시킨 일도 있어서 잘 얼버무려 설명했다.

자신들과 왕녀는 마일한테 힌트를 얻고 나머지는 특훈을 통해 자체적인 능력으로 수납마법을 체득했으며, **노력이 모자랐던 탓에** 셋이 힘을 모아 수납 공간 하나를 유지하는 게 고작이라는 식으로 둘러댔다.

또 본격적인 대화를 시작하기에 앞서 풀었던 근황 토크 때, 레나와 폴린이 아직 수납마법을 습득하지 못했음을 확인했기에, 그런 부분까지 배려했던 것이다.

『원더 쓰리』는 메비스가 혼자 힘으로 수납마법을 익혔다는 이야기에는 경악을 금치 못했다.

마르셀라 일행도 그저 마일 덕에 **편법**을 쓴 것뿐 온전히 자기 힘으로 수납마법을 터득한 게 아니다.

그래서 마술사도 아닌 메비스가 이룬 쾌거에 깜짝 놀랐고 존경과 진심을 담아 칭찬을 보냈다.

……한편 레나와 폴린이 받은 충격이 이만저만이 아니었던 모양이다.

수납마법을 습득한 게 마르셀라 한 명이었다면 비록 분하긴 해도 그 정도까지 정신적 타격을 받지는 않았을 수도 있다.

……그런데 『원더 쓰리』 세 멤버가 모두.

그뿐만이 아니라 수행도 제대로 한 적 없이 오냐오냐 자란(이라고 레나와 폴린이 멋대로 생각하는) 왕녀님이 둘씩이나.

게다가 자기 파티에서는 마술사도 아니고 마법도 쓸 줄 모르는 검사 메비스가 너무 쉽게 배워버린 것이다.

이는 수납마법 따위야 당연히 초보자도 쉽게 습득할 수 있다는 소리를 들은 것이나 다름없다.

그리고 꽤 오래전부터 매일 밤 자기 전에 열심히 연습했는데도 폴린의 수준에조차 도달하지 못한 자칭 『마법 천재』 레나.

마술사로서 그리고 상인으로서 반드시 수납마법을 터득하겠노라고 동료들에게 호언장담했던 폴린.

……이건 너무 빡세다.

수치심, 패배감, 자기혐오, 기타 등등 온갖 감정이 밀려와 머릿속이 새하얘져도 어쩔 수 없으리라.

레나보다 연습 성과가 훨씬 잘 나오는 폴린도 아직은 절대 『수납마법 구사자』라고 말할 수준이 아닌 만큼 레나와 똑같았다.

두 사람은 한참을 좀체 움직이지 못했다…….

*　　*

레나와 폴린은 조금 전에 겨우 제정신을 찾고 마일이 준 홍차를 마시며 마음을 가라앉힌 참이었다. 컵을 쥔 손이 아직 떨렸지만…….

그리고 두 사람이 정신을 놓고 있는 동안 마일은 이 대륙에 온 이후로 자신들이 어떻게 지냈는지 마르셀라 일행에게 들려주었는데, 여전히 치고 다닌 사고에 세 사람이 황당해했다.

"……아델……, 아니, 마일 씨의 고삐를 잡는 일은 『붉은 맹세』 멤버들에겐 과도한 부담이에요. 역시 마일 씨에게는 마일 씨의 모든 것을 이해해 줄 수 있는 우리 『세 명의 소꿉친구』가 항시 붙어 있어야만 할 것 같네요……."

"""뭐얏!"""

마르셀라의 느닷없는 폭탄 발언에 메비스뿐 아니라 조금 전까지 정신이 나가 있던 레나와 폴린까지 인상을 확 구겼다.

"소, 소꿉친구는 무슨, 너흰 그냥 학원에서 같은 반이었잖아! 그전에는 만난 적도 없으면서! 그런 너희가 소꿉친구면 우리도 소꿉친구야!"

레나가 소리를 빽 질렀는데…….

"네, 마일 씨를 처음 만난 건 저희가 학원에 입학한 열 살 때지요……. 열 살 때 같은 학원 학생이었으니까 충분히 『소꿉친구』라고 말할 수 있지 않을까요? 반면 『붉은 맹세』 여러분은 마일 씨와 처음 만났을 때 레나 씨랑 메비스 씨 같은 경우 이미 열다섯 살이 넘은 성인이었다고 했고, 처음 만난 장소도 헌터 양성 학교, 다시 말해서 직업 훈련소나 마찬가지니까 학생이 아닌 사회인이지요. 입이 삐뚤어져도 『소꿉친구』라고는 말 못 할 것 같은데요……."

"""으…….."""

밀리는 레나 일행.

와다다 쏘아대는 것은 감정을 앞세우는 레나보다 차분하게 조곤조곤 따지는 마르셀라.

논리적으로 때리는 것은 장사에 특화된 폴린보다 광범위한 지식을 가진 올리아나.

즉 말다툼은 『붉은 맹세』 쪽이 불리했다.

……참고로 메비스와 모니카는 전력에서 제외다.

"……아니, 『붉은 맹세』 여러분한테서 아데…… 마일 씨를 뺏을 생각은 없어요. 그런 짓을 했다가 저쪽 대륙 사람들에게 들키면 어떻게 되겠어요?"

""""아…….""""

"그래요! 구국의 네 영웅, 사자님과 성기사, 대성녀, 대마술사의 사이를 가르고 사자님을 빼앗은 세기의 대악당이 되어버린다고요, 저희! ……뭐, 마일 씨를 브란델 왕국으로 데리고 돌아가면 국내에서만은 극찬받겠지만, 나라 밖으로 한 발짝만 나가도 신의 적이라면서 마일 씨 광신도들 손에 죽을지도……, 아니, 틀림없이 표적이 될 거예요!"

""""".............."""""

……충분히 있을 법하다.

그런 생각에 말이 없어진 『붉은 맹세』.

"게다가 여러분, 설령 마일 씨와 헤어진다고 해도 고국으로 돌아가 고분고분 영지를 경영할 생각은 없을 거 아녜요? 여러분을 아는 사람이 아무도 없는 이 대륙에서 『자기가 생각한, 즐겁고 이상적인 헌터 생활』을 보낼 계획이죠? ……그리고 물론 마일 씨와도 헤어질 생각 따위 전혀 없죠?"

"""".............""""

마르셀라의 말에 한마디도 반박하지 못하고 가만히 있는 『붉은 맹세』.

"……그럼 여러분은 이 대륙에 왜…….."

지당한 의문을 품는 마일이었는데…….

"그야 당연히 마일 씨가 걱정돼서 온 거잖아요!"

마르셀라의 대답에 고개를 끄덕이는 모니카와 올리아나.

"으아…….."

그리고 눈가에 서서히 눈물이 맺히는 마일이었는데…….

"뭐래, 얘네도 영주 일이라든지 쏟아지는 혼담 따위가 지긋지긋해서 도망쳐 온 게 뻔하지!"

""""으…….""""

레나의 지적에 눈동자가 흔들리는 마르셀라 일행.

정곡을 찔린 모양이었다.

"그 나이에 사무 일에 쫓기고 정략결혼의 희생양이 되는 것을 싫어하지 않을 여자가 어디 있겠어. 심지어 즐겁고 자유로운 생활이 뭔지 아는 데다가 자기들끼리 살아갈 능력을 갖춘 여자라면 특히 더."

""""아~…….""""

레나의 설명을 이해하고 감탄사를 내뱉는 마일 일행.

애당초 자신들이 그런 것이다. 당연히 공감할 수밖에 없다.

게다가 마르셀라 일행은 마일과 같은 또래다.

……다시 말해 메비스는 물론이고 레나와 폴린보다도 어린 것
이다.

"그럼 여러분은 앞으로 어쩌실 거예요?"

마일이 묻자 마르셀라가 가슴을 당당히 펼치며 대답했다.

"마일 씨랑 같이 즐겁고 유쾌하게 이 대륙을 여행하며 다닐 거
예요!"

""""아까랑 말이 다르잖앗!!""""

그리고 당연하게도 레나, 메비스, 폴린의 원성을 샀다…….

                        *   *

"쉬잇! 여인숙 주인이랑 다른 숙박객들한테 항의 들어요!"

""""아~…….""""

그렇게 혼내는 마일이었는데, 이번에는 대수롭지 않은 대화를
나눌 뿐이라는 생각에 방음 결계를 치지 않았던 마일의 큰 실수
였다.

서둘러 결계를 쳤기에 그다음부터는 얼마든지 소리를 질러도
문제 되지 않았다.

"아, 아니, 꼭 마일 씨를 여러분한테서 뺏을 생각은 없다니까
요. 그냥 저희도 마일 씨랑 같이 다니고 싶은 마음일 뿐이에요."

"""".………….""""

마르셀라의 해명에 입을 꾹 다문 레나 삼 인방.

마일은 기쁜 얼굴이었는데…….

"일곱 명은 파티 인원으로 너무 많잖아!"

"마술사 다섯 명에 검사 한 명에 마법기사 한 명……. 균형이 너무 안 맞아요……."

"상인 둘에 나머지는 모두 귀족……."

폴린이 그렇게 중얼거렸는데, 모니카는 상가의 딸이긴 해도 상인은 아니다.

또 모니카와 올리아나는 여자 준남작(baronetess)으로 세습 칭호지만 귀족은 아니어서 신분은 여전히 평민이었다.

뭐, 『평민 중에서는 제일 귀족에 가까운 신분』이긴 하지만…….

게다가 귀족인 다른 사람들도 여기 대륙 사람이 아무도 모르는 먼 나라에서의 신분 따위, 여기서는 아무런 의미도 갖지 못하리라.

……좌우지간 레나 삼 인방이 하는 말은 하나도 틀린 구석이 없었다.

그래서 반박하지 못하고 입을 꾹 다무는 『원더 쓰리』……처럼 보였지만…….

"클랜이 있잖아요."

""""""앗?""""""

클랜.

그것은 『씨족』이라는 의미가 담긴 단어가 어원이다.

헌터 사이에서는 복수의 파티가 모인 것을 가리킨다.

평소에는 파티끼리 따로 활동하다가 대형 의뢰 때 복수의 파티가 합동으로 받거나 긴급 사태가…… 마물의 폭주(스탬피드)가 발생하려 한다거나 권력자가 부당한 일을 강요할 때라든지…… 생겼을 때는 클랜에 소속된 모든 파티가 힘을 모아 열심히 활동하는 것이다.

또 평상시에는 정보 교환, 파티 간의 교류, 파티 대항 모의전, 자금 또는 인재 지원 같은 다양한 이점이 있다.

……물론, 자금을 빌려준 파티가 전멸해 돈을 돌려받지 못하거나 가맹 파티에서 범죄자가 나와 클랜 전체의 신뢰가 바닥에 떨어진다거나 다른 파티를 속이는 자가 나온다든지 훌륭한 인재를 빼간다든지 파티 간 남녀 사이의 갈등 같은 단점도 있다.

다만 그런 단점은 대부분 클랜에 가입하지 않아도 어차피 파티 내부 또는 다른 파티와의 사이에서 얼마든지 일어나는 일인 만큼 딱히 신경 쓰지 않는 사람이 많다.

"『붉은 맹세』와 우리 『원더 쓰리』가 클랜으로 활동하면 어떨까요. 항상 붙어 다니자는 건 아니고 자매 파티로서 사이좋게, 평소에는 각자 활동하다가 큰 의뢰 때는 합동 수주도 하고 때때로 전력을 서로 나누기도 하고……."

"""""아…….""""""

마르셀라, 아니 『원더 쓰리』의 제안에 눈을 커다랗게 뜨는 『붉은 맹세』.

"그리고 아까 말씀드렸듯이 저희와 합치면 『왕녀 전이 시스템』이랑 『원더 쓰리 전이 시스템』을 이용하실 수 있어요. 『왕녀 전이 시스템』으로 저희 중 한 명이 구대륙으로 전이한 다음에, 두 왕녀 몰래 여러분을 언제든지 양쪽 대륙을 오갈 수 있게 해드릴게요.

한 번 우리 모두 한쪽 대륙에서 모이게 되면 그때는 또 왕녀들을 매개로 할 필요가 있겠지만 그건 원래 그런 시스템이라고 왕녀들에게 설명해 두었으니…… 아니, 실은 그러려고 왕녀들에게 공용 수납마법을 준 거니까 그걸 두고 이러쿵저러쿵 말할 일은 없어요. 구국의 대영웅인 여러분 일만 모른다면 아무런 문제도 일어나지 않아요. 그럼 여러분은 비교적 수월하게 가족분들을 만나러 다녀올 수 있죠."

"""………….""""

레나와 마일에게는 가족이 없다.

그래도 신세 졌던 사람들이나 만나고 싶은 사람들은 있고, 영지 일도 있다.

가족이 있는 메비스와 폴린은 말할 것도 없다.

케라곤한테 부탁하면 돌아갈 수는 있지만, 자꾸 부탁하기도 미안하고 이동하는 데 시간이 걸린다.

……하지만 마르셀라 일행이 개발한『수납마법 전이』를 쓴다면…….

"""………….""""

그 몹시 매력적인 제안 그리고 얻은 능력에 대한『원더 쓰리』의 엄청난 응용력에 이제는 할 말도 없는『붉은 맹세』였다…….

제139장 클랜

"그, 그러네요……. 그렇게 하면 레니 짱한테도 자주 얼굴 내비칠 수 있고 마리에트 짱이 내키지 않는 약혼을 강요당하지 않게 지켜볼 수도 있겠어요……."

마일은 아직 마리에트 짱이 그 대책을 세우기 위해 마일 001에게 상의하러 갔었던 사실을 모른다.

마르셀라와 멤버들은 알지만, 지금 중요한 일이 아니어서 아직 말하지 않았다.

"그럼 거기(구대륙)에서의 이동 수단이 약한데요……."

"응? 그게 무슨 소리야?"

마일이 중얼거리는 소리에 의문을 드러내는 레나.

"아, 그게 대륙과 대륙을 순간 이동했더라도 그 후에 전이 장소인 브란델 왕국의 왕도에서 티루스 왕국의 왕도나 여러분의 영지, 고향집 등으로 이동하려면 각각 꽤 많은 시일이 걸리잖아요? 그거, 왠지 시간 낭비 같은 느낌이라 안 내킨달까, 진 것 같은 기분이랄까……."

"""""아～……."""""

『원더 쓰리』는 브란델 왕국의 왕도로 전이하면 다들 고향집까지 그리 멀지 않다.

마르셀라는 자기 영지나 부모님의 영지까지 며칠 걸리긴 하지만, 왕도에 가문의 저택이 따로 있다.

　집안도 남작에서 자작으로 올라갔고 마르셀라가 왕도에 개인 저택을 따로 마련할 필요는 없다고 판단했기 때문에, 왕도에는 집안과 마르셀라 두 자작의 저택을 겸해서 그럭저럭 괜찮은 물건을 확보한 것이다.

　자작이 된 이후에도 여전히 궁색한 마르셀라 일가이긴 했지만, 그래도 자작 가문으로서 체면 유지라는 필요성은 이해했던 모양이다.

　올리아나는 고향집이 있는 마을까지 정기마차로 며칠 걸리고, 모니카의 집안인 상가는 마르셀라의 일가, 요컨대 부모님의 영지에 있다.

　전부 왕도에서 며칠이면 갈 수 있는 거리다.

　……반면『붉은 맹세』쪽은 그렇지 않다.

　티루스 왕국의 왕도를 중심으로 각 방면에 뿔뿔이 흩어져 있는 각자의 영지.

　나라의 끄트머리에 있는 마일의 신전과 영지. 브란델 왕국에 있는 아스컴 후작령(구 아스컴 자작령).

　여행 도중에 친해진『여신의 종』과 각지에 있는 지인들. 돌봐주었던 각지의 보육원.

　『붉은 맹세』는 구대륙으로 돌아갔을 때 찾아가고 싶은 곳이 많았는데, 그곳들의 거리가 다 너무 멀리 떨어져 있었다.

　그래서 모처럼 대륙과 대륙을 순간 이동했어도『원더 쓰리』의

전이 장소가 브란델 왕국의 왕궁 안 모레나 제3왕녀의 방으로 한정된 이상, 구대륙에서의 이동에 시간이 너무 소요되는 것이다.

물론『원더 쓰리』의 도움으로 마일 일행이 전이하는 것은,『왕녀 전이 시스템』으로 전이한『원더 쓰리』멤버 한 명 또는 두 명이 왕궁을 빠져나온 뒤에 몰래 하겠지만…….

"으~음, 뭔가 좋은 방법 없을까……."

마일이 떠올린『빠르게 이동할 수 있는 수단』이 없는 것은 아니었다.

하늘을 나는 것.

자동차를 만드는 것.

……나노머신은『금칙 사항입니다!』라고 나오겠지만,『슬로 워커』한테 부탁하면 금칙 사항 따위 없이 이동 수단을 만들어 줄 것이다.

이미 금속 같은 것은 지하 광맥에서 채굴해 제련 중일 테니, 예전처럼 금속이 부족해 난감해질 일은 없을 터다.

'하지만 자동차를 타고 가도를 달릴 순 없겠지……. 비행기는, 활주로가 없고…….'

『슬로 워커』가 만드는 비행 기계는 활주로가 필요 없을 텐데도 무심코 전생의 감각으로 그런 생각을 해버린 마일.

그리하여 마일은 이동 수단을 포기했는데, 이 세계에서 그런 것이 사람들 눈에 띄면 큰 소란이 빚어질 테니 당연한 일이다. ……활주로가 필요한지 아닌지와는 상관없이 말이다.

"케라곤 씨도 가끔 택시 대용으로 부탁하는 거라면 모를까, 마치 전속 운전기사처럼 수시로 부탁하는 건 아무래도 죄송하니까⋯⋯."

보통, 고룡을 운전기사로만 쓰는 인간이란 없다.

마일이『수평 방향으로 떨어져서』먼저 가고 다른 사람에게는 공용 아이템 박스를 제공하는 방법도, 마일이『붉은 맹세』에게는 『원더 쓰리』같은 편법을 쓰지 않고 스스로 수납마법을 정식으로 터득하게 하려는 만큼 채택 불가다.

"소녀의 시간은 짧은 법, 이동하는 데 몇 날 며칠씩 허비할 순 없지요! 아아악, 어떻게 해야 좋을까⋯⋯."

머리를 감싸며 고민하는 마일.

"마차나 말은 지금의 우리라면 구매비와 유지비야 대수롭지 않은 문제지만, 쓸 일이 별로 없어서 계속 목장에 맡겨두기만 할 것 같고 그러면 말한테 너무 미안한데. 말도 아무 하는 일 없이 목장에서 노닥거리기만 하다가 죽으려고 태어난 게 아닐 텐데⋯⋯."

"아니, 그거, 말한테는 제일 행복한 일생 아닌가⋯⋯."

""내 말이⋯⋯.""

천하의 메비스도 모두가 자기 생각을 완전히 부정하자 살짝 열받은 것 같다.

"스캐빈저한테 가마를 메게 해서 그 빠른 사각사각 걸음으로 가도를 질주⋯⋯."

"""각하!"""

그러면 너무 튀고, 너무 창피하고, 헌터와 병사들이『소녀가 마물에게 납치됐다』라고 오해해 검을 휘두르려 할 것이다.

"마일 씨, 그 문제는 나중에 여러분끼리 상의하세요⋯⋯."

"……아, 죄송해요……."

이야기가 완전히 탈선해서 본론에 진전이 전혀 없자, 마르셀라도 과연 참지 못하고 제동을 걸었다.

"여하튼 클랜, 한번 고려해 보세요. 나쁜 얘기는 아니라고 봐요."

""""""………….""""""

마르셀라의 말이 옳긴 했다.

하지만 모두와 상의도 안 해보고 바로 대답할 수 있는 문제가 아니다. 이것도 나중에 다 함께 차근차근 의논하기로 했다.

"그럼 내일은 왕도와 그 근방에 대해 이것저것 설명해 드릴게요. 특히 마물이 비정상적으로 영리한 부분 같은 걸……."

""""""아, 역시!""""""

아직 왕도와 이 마을밖에 모르는 줄 알았던 『원더 쓰리』가 이미 그 사실을 알고 있었다.

……역시는 역시다, 하면서 감탄하는 『붉은 맹세』였다.

"모레 왕도에 들어가죠. ……그런데 한 가지 죄송한 일이 있는데……."

"네? 그게 뭔가요?"

고개 숙인 채 난감해하는 마르셀라와 아차, 하는 얼굴로 시선을 피하는 모니카, 올리아나를 보고 이상해하며 묻는 마일.

"아까 설명할 때는 생략했는데, 케라곤 씨의 도움으로 이 대륙에 도착했을 때 사람들 눈에 안 띄는 곳에서 내려 걸어서 왕도에 들어간 게 아니고요, 저기, 그러니까……."

평소에는 똑 부러지게 말하는 마르셀라답지 않은 태도에 마일이 의문을 품고 있는데…….

"왕궁 정원에 바로 내리는 바람에 한바탕 소동이……. 왕궁 관계자 중에 저희를 목격한 분도 꽤 많았고……. 그래서 저희와 같이 있으면 왕궁 관계자들 눈에 띌 경우 아주 약간 주목을 받을지도 모르는……."

"그게, 무스으으으은~~!!"

"그건 그냥 눈에 띄는 수준이 아닌데……."

"아, 아하하……."

어처구니없어하는 레나, 폴린, 메비스.

그리고 마일은 마르셀라의 어깨를 가볍게 토닥거렸다.

"깜빡쟁이네요……."

"마일 씨한테만은 듣고 싶지 않거든요!"

마르셀라의 말에 고개를 마구 끄덕이는 모니카와 올리아나였다…….

                              *   *

"……그래서, 어쩔 거야?"

그 후 자세한 이야기는 내일 다시 하기로 하고 자기 방으로 돌아온 『붉은 맹세』.

내일은 클랜 제안에 답을 줘야 하므로, 오늘 밤 결론을 내야 했다.

"……저는 여러분의 의견을 들은 다음에……."

그리고 마일이 그렇게 말했다.

자기가 먼저 원하는 바를 말하면 모두 반대하기 어렵지 않을까.

그런 생각에 한 말이리라.

그리고 마일이라면 그렇게 생각할 것을 예상했는지, 묵묵히 받아들인 레나 일행.

"일단 장단점은 마르셀라가 말했던 대로야. 우리한테 장점은 아주 크고 단점도『원더 쓰리』가 상대라면 별로 걱정할 건 없겠지."

레나의 말에 크게 고개를 끄덕이는 세 사람.

"굳이 말하자면 우리가 말없이 자유롭게 이동할 수 없고 여행을 떠날 때는 반드시 저쪽에 미리 알릴 필요가 있다는 성가신 문제 정도일까. 뭐, 그것도 딱히 허락을 구해야 하는 것도 아니고, 우리를 따라오지 않는다면 그걸로 됐지. 따라오는 시점에서 클랜을 깨도 되고 말이야. 딱히 해지할 수 없는 계약을 맺는 것도 아니고. 뭣하면『체험 기간』으로 쳐도 되고……."

아무래도 레나는 클랜 결성을 꽤 긍정적으로 생각하는 모양이었다.

"……저도 그게 좋다고 봐요. 장점이 많고 단점은 거의 없으니……. 게다가 레나의 말대로 아니다 싶으면 그땐 클랜을 해산하면 그만이니까요. 반대할 이유가 없어요."

"나도 동감이야. 그리고 마일은……."

굳이 물어볼 것도 없이 고개를 끄덕이고 있는 마일.

"그럼 그렇게 결정하면 되겠지?"

""""하앗!""""

다음 날 아침, 마르셀라 일행에게 클랜 제의를 받아들이겠다고 대답한『붉은 맹세』.

그리고 아침을 먹은 후, 생글거리는『원더 쓰리』와 함께 하루 종일 이 대륙에 관한 이야기를 나누었다…….

*　　*

"네에엣?! 바다가 마물의 소굴?"

"이 대륙에도 고룡 마을이 있는데 거기에도 연줄을 만들어뒀다고요오?"

『붉은 맹세』의 설명을 듣고 깜짝 놀라는 마르셀라 일행.

"에엣, 케라곤 씨가 왕도에 있는 보육원에 그렇게 큰 서비스를?"

그리고『원더 쓰리』의 설명을 듣고 깜짝 놀라는 마일 일행.

"케라곤 씨가 아이를 좋아했구나…….."

"아이랄까, 작은 동물을 귀엽게 여기는 것뿐 아냐? 인간한테 있어서는 병아리라든지 갓 태어난 새끼 고양이 같은 느낌으로……. 마일, 너도 사자님이라서 존경받는 것도 있겠지만 그런 범주에도 들어가 있지 않을까? 펫의 범주랄까, 애완동물의 범주랄까…….."

"……엥?"

마일, 아연실색.

"아니, 방금 그 이야기면 고아가 어쩌고저쩌고하는 게 아니라 그냥 단순히 비늘 사이에 낀 쓰레기를 빼내는 데 아이가 더 최적화되어 있기 때문이 아닌지……. 아이가 손이 작으니까 좁은 틈에도 손이 잘 들어가고, 민감한 비늘 밑을 성인이 거칠게 만지는 게 싫다거나…….”

“""“일리 있네…….”"""

역시 메비스, 객관적인 고찰이다.

“뭐, 귀엽고 보호 욕구를 일으킨다는 의미에서는 수긍이 가네요…….”

“뭐예요, 그게에에에~~!!”

마르셀라의 말에 버럭 소리치는 마일.

기억을 되찾기 전 아델로 살았던 기간까지 쳐서 미사토, 아델, 마일의 기간을 전부 더하면 정신연령으로는 곧 33살이 된다. 여기 있는 모두보다 두 배 가까이 더 살았다.

그런데『귀엽다』는 둘째치고, 『보호 욕구를 일으킨다』라니…….

그래도 다행히 마일은『사실 원래 나이는 더 많지 않은가?』하는 의혹만은 절대 생길 염려가 없다.

……본인은 그 점이 영 받아들여지지 않는 눈치지만…….

“뭐, 그건 됐고…….”

“되긴 뭐가 돼요!”

“왕도에서의 생활 말인데요…….”

마일의 항의를 한 귀로 흘리고 얼른 이야기를 진행하는 마르셀라.

역시 마일 다루는 법에 익숙한 것 같다.

"일곱 명이면 숙소 잡기도 좀 그러니까 파티 하우스라고 할까요, 클랜 하우스라고 할까요, ……아예 집을 한 채 빌리면 어떨까요? 저희, 아이템……수납마법 덕에 돈도 잘 벌고, 금화랑 소재도 한가득 챙겨 나왔거든요, 수납에 넣어서. 금화는 이곳에서는 바탕쇠의 가치밖에 없지만, 그래도 그럭저럭 가격이 나가니까요."

과연, 하고 생각한 『붉은 맹세』.

일곱 명이면 4인실을 두 개 빌려야 한다.

항상 방 두 개가 비어 있다는 보장도 없고 다 같이 이야기를 나눌 때는 한 방에 모여야 한다. 그러면 많이 비좁을 것이다.

또 일곱 명이면 숙박비도 식비도 만만치 않다.

그럴 바에야 차라리 집을 빌리는 게 더 경제적이고 편하지 않겠느냐는 것이다.

또 여인숙에서는 마일이 손수 만든 욕실, 화장실, 폭신한 침대 등을 쓸 수 없고, 마일이 해주는 요리도 못 먹는다.

그렇기에…….

""""""승인!""""""

*   *

"……그런데 여러분은 요리할 수 있어요?"

다음 날, 일곱 명이 모여 왕도를 향해 걸으면서 마일이 『원더쓰리』에게 물었다.

일곱 명이나 되는 것이다. 하루 세 끼를 전부 마일이 만드는 것

155

은 난도가 너무 높았다.

　물론 물어볼 필요도 없이 『붉은 맹세』 멤버들의 요리 실력은 이미 다 파악하고 있다.

　마일 본인은 요리를 즐기는 집안의 주부 같은 수준.

　게다가 흔치 않은 허브와 향신료를 듬뿍 넣고, 요리할 때 마법을 쓰고, 지구의 조리 지식까지 응용함으로써 이 세계에서 일류 요리사에 버금가는 실력을 휘두른다.

　……반칙이다.

　딱히 막 얇게 돌려 깎기를 잘한다거나 칼질이 현란하다는 게 아니다.

　……힘이 세서 뭐든 쉽게 썰긴 하지만, 절단면을 봐도 썩 깔끔하진 않다.

　폴린은 일반 가정집 주부 같은 수준.

　그럭저럭 맛있고 집에서 만드는 요리처럼은 할 줄 안다. 남자친구에게 해주면 칭찬받는 수준이다.

　메비스는 일본으로 비유하자면 중학교 1학년 여자애가 요리에 도전하는 느낌이라고나 할까…….

　상식적이고 지극히 평범한 초보자의 요리로, 영 못 먹을 수준은 아니지만 맛있지는 않다.

　그리고, 레나.

　이터널 포스 블리자드(상대는 죽는다).

　……세계가 파멸한다.

"저는 뭐, 일반 평민 가정의 새댁, 같은 수준이라고 할 수 있을까요……."

""""으에에에에엑!""""

마르셀라의 발언에 경악해서 소리치는 『붉은 맹세』 일동.

모니카와 올리아나는 놀라지 않았다.

그야 몇 달씩 같이 여행하다 보면 그 정도는 알겠지.

"너, 너너너, 넌 귀, 귀족 딸이지, 않아……?"

"네, 반년 전까지는 남작 가문의 셋째 딸 그리고 지금은 신흥 자작 가문의 당주죠."

"그런데 왜 요리를 그 정도나 하는데! 이상하잖아!"

레나가 따지자 아련한 눈빛으로 대답하는 마르셀라.

"귀족이라도 우리 집은 가난했거든요……. 집에 드나들던 중견 상가인 모니카 씨네보다도 훨씬……. 하인 숫자도 빠듯했지만, 어머니를 하인과 같이 일하게 할 수는 없었기 때문에 제가……."

"……미안해……."

묻지 말아야 할 것을 물어본 바람에 마르셀라가 귀족인 자기 집안의 창피한 면을 보이게 하고 말았다.

정말 미안해하는 얼굴로 사과하는 레나.

"저는 가게 일손을 도와 계속 곡식 포대를 옮기고, 곡식 포대를 옮기고, 곡식 포대를 옮기고, 곡식 포대를 옮겼어요."

"……다시 말해, 전력에서 제외네요……."

모니카에게 냉정하게 전력 제외 선고를 내린 마일.

"그리고 저는 부모님이 밭에 나가 일하시는 동안 동생들을 돌

보면서 요리했어요. ……6살 때부터요. 나중에는 밭일도 돕게 되었지만, 그래도 요리는 쭉 제 일이었지요…….”

전력임이 드러난 올리아나를 즉시 칭찬하려던 마일은 입을 열기 직전, 그녀가 말한 사정이 칭찬한다고 해서 기뻐할 내용이 아님을 깨닫고 당황하며 입을 도로 닫았다.

“……으, 으음, 요리할 줄 아는 사람이 다섯 명이나 되고, 모니카 씨도 그동안 요리할 기회가 없었던 것뿐이니 곧 할 수 있게 될 거예요!”

그렇게 말하는 마일이었는데…….

“……왜 모니카만 말하고 내 이름은 안 넣는데…….”

“““아…….”””

사정을 모르는 『원더 쓰리』를 제외하고 큰일 난 분위기가 되었다…….

아니, 레나의 심기를 건드린 것도 큰일이지만, 『붉은 맹세』의 세 멤버가 정말 두려워하는 것은 **레나가 요리를 한다**라는 부분이었다.

모니카가 요리 연습을 시작해 자신을 제외한 모두가 당번제로 요리를 맡게 된다면.

책임감이 강한 데다 자기만 제외되는 것을 극도로 두려워하는 레나가 자신만 요리 당번에서 빠지는 것을 용납할 리 없다.

‘죽는데…….’

“죽고 말 거야…….”

“‘세계가 멸망한다…….’”

마일 일행의 표정이 절망적인 이유를 몰라 어리둥절해하는 마르셀라 일행이었다…….

＊　　＊

아침을 먹고 바로 출발했기 때문에 해가 지기 전에 왕도에 도착한 『붉은 맹세』와 『원더 쓰리』.

다들 헌터증을 가지고 있어서, 줄은 서야 했어도 아무 문제 없이 문을 통과할 수 있었다.

뭐, 도저히 범죄자로는 보이지 않는 귀여운 소녀들을 트집 잡을 문지기란 없겠지.

게다가 일곱 명 중 다섯 명이 마술사 장비를 갖추고 있다.

이 나이, 이 외모에 헌터 일을 할 만큼 마법을 쓸 수 있고 복장이며 장비도 제대로 갖췄으며 꾀죄죄한 느낌도 없다.

문지기가 시간 들여 조사할 만한 사람들이 아님은 당연했다.

"여기가 이 나라의 왕도인가요……."

마일은 서울 구경 온 시골 쥐 같은 태도를 숨기지 않았다. 레나, 메비스, 폴린은 조금 두리번거리긴 했지만, 창피한 모습을 보이지 않으려고 했다.

너무 촌뜨기처럼 보이면 날치기라든지 유괴, 인신매매 조직의 좋은 표적이 된다.

뭐, 헌터 복장을 한 일곱 명이 몰려다니니 아무리 그래도 그런

159

위험은 없지 않을까 싶지만…….

물론 『원더 쓰리』는 왕도에서 출발했었기 때문에 별로 두리번 거리지 않았지만, 왕궁에서 문을 통해 바로 왕도를 빠져나갔던 만큼 왕도에 대해 자세히 알진 않았다.

왕궁 말고 다른 장소에서 머물렀던 시간은 고작 수십 분이다.

"우선 숙소부터 잡을까요."

집을 빌리겠다고 했어도 대뜸 부동산에 쳐들어가 오늘 안에 집 을 구해달라고 할 수는 없는 노릇이다.

적어도 오늘 밤은 여인숙을 잡을 필요가 있었다.

그런 다음에는 길드를 찾아가 의뢰는 받지 않고 상황만 파악하 는 것이다.

그 후 밥을 먹고 다시 숙소로 돌아올 예정이다.

왕도에서의 첫 식사는 여인숙이 아니라, 살짝 힘을 줘서 좋은 메뉴를 골라 먹을 작정이었다.

*　　*

딸랑

헌터 길드 지부의 문을 열고 다 함께 안으로 들어간 『붉은 맹세』 와 『원더 쓰리』.

왕도의 헌터 길드에 온 것은 『원더 쓰리』도 처음이었다.

헌터 등록은 왕도에서 나와 그 도시에서 했고, 그 후 한 번도 왕도에 돌아오지 않았기 때문에 그것도 당연했다.

……그리고, 눈에 띄었다.

어마어마하게, 눈에 띄었다.

보통 C등급 이하 파티는 네 명에서 여섯 명으로 이루어진다.

물론 세 명으로 된 파티도 있지만 흔하지는 않다. 그리고 두 명이면 그건 『파티』가 아니라 콤비 혹은 페어, 버디라고 부르면서 아예 다르게 취급했다. 그쪽은 부부라든지 연인 사이인 경우가 많았으므로…….

일곱 명이 넘는 파티는 기동성, 적응력, 팀워크 그리고 보수 분배율이라는 면에서 볼 때 장점이 적은 데다 운영이 성가시고 힘들다. 인간관계에도 여러 가지로 문제가 생기기 쉽다.

그래서 그런 문제를 실력과 거액의 수입으로 덮을 수 있고 신진 헌터의 육성 등에도 힘쓸 수 있는 B등급 이상이 아니면 대가족을 꾸리기란 어렵다.

아니, 그런 곳은 여러 팀으로 나눠 활동하거나 의뢰 내용에 따라 멤버 구성을 변경하는 등, 파티 자체가 클랜처럼 되어 있다.

그리고 그런 곳은 여러 명의 대표가 의뢰를 받으러 오지, 모두 우르르 길드를 찾아오는 법은 없다.

그래서 어린 소녀들로만 이루어진, 심지어 대부분이 마술사 차림을 한 일곱 명이라는 건 상식에서 벗어난 구성이었다.

지금까지 마일 일행이 만났던 여성으로만 이루어진 파티는 『여신의 종』뿐이다. 그렇게 방방곡곡 여행하며 돌아다녔는데도 말이다…….

그들도 리트리아가 들어와 여섯 명이 된 것이지, 그전까지는 줄곧 다섯 명이었다.

또 마법을 쓸 수 있는 사람은 마술사 라세리나, 금쇄봉을 다루는 근접 전투까지 겸하고 있는 리트리아 두 명뿐이었다.

심지어 리트리아가 들어온 건 **우연**이었고, 원래는 『마술사 한 명이 포함된 5인 파티』였던 것이다.

그만큼 여성으로만 구성된 파티도, C등급 이하인데 7명이 넘는 파티도 수가 적고 드물다.

또 마술사가 여러 명 있는 파티도 결코 그리 많지 않았다.

마술사가 두 명 있는 파티가 생각보다 많은 듯 느껴지는 까닭은 그런 파티는 실력이 있고 눈에 띄는 데다 살아남기 쉽기 때문이지, 실제로는 의외로 많지 않다.

보통은 파티에 한 명 있으면 행운이고, 심지어 어리고 아름다운 여성이라면 매일 밤 신께 감사 기도를 올려야 마땅하다.

……그게 절반 이상이 미성년자에다 모두 미소녀에 대부분이 마술사인 일곱 명 파티쯤 되면 이건 뭐, 수컷 삼색 털 고양이(3만 분의 1의 확률) 아니면 레드 다이아몬드(현재 지구에는 30개 정도밖에 발견되지 않았다)에 버금갈 만큼 희귀하리라.

그만큼 늘 부족해서 오라는 데가 많은 마술사가 이렇게 많이 속한 것이다.

도저히 한 파티로 보기 힘든, 직업적 불균형과 인원.

게다가 모두 어리고 귀엽다.

((((((………….))))))

헌터와 직원까지 포함해 길드 안의 주목을 모으며 일곱 명은 접수 창구로 향했다.

그리고…….

"『붉은 맹세』, 거점 이동을 신청합니다. 앞으로는 여기 왕도 지부의 신세를 지고 싶어요. 잘 부탁드립니다!"

메비스의 신고에 맞춰서 일제히 머리를 숙이는 『붉은 맹세』.

이어서…….

"마찬가지로 왕도로 활동 거점을 옮깁니다. 『원더 쓰리』예요. 잘해봐요."

마르셀라의 신고에 맞춰서 머리를 숙이는 『원더 쓰리』.

『잘해봐요』라는 말투는 신입 헌터가 길드 직원에게 하기엔 조금 미묘했지만, 귀족 분위기를 물씬 풍기는 마르셀라가 말단 접수원에게 한 말이라 다들 위화감 없이 받아들였다.

길드에는 개인적인 헌터 등록과 파티 등록만 하고, 클랜은 어디까지나 파티끼리의 교류여서 길드는 관여하지 않는다. 전력 교환은 일시적 조력으로 보기 때문이다. 따라서 메비스 일행은 클랜에 관해 지금 언급하지 않았다.

젊은 여성 파티는 대환영이었다.

남성 파티의 의욕을 끌어올리는 데도 공헌할 수 있고, 다른 여성이 헌터가 되는 관문을 낮춰주기도 하고, 독신 비율이 높은 남성 헌터의 결혼 상대 후보로서도 귀한 존재였다.

그래서 마물과의 전투에 나가지 않고 잡일이나 약초 채취 활동밖에 하지 않아도 여성 헌터를 무시하는 일은 없었다.

……그런데 심지어 그녀들은 거의 다 마술사 복장인 것이다.

물만 만들어 내도 귀한 마당에, 만약 치유 마법을 구사한다거나 요리까지 잘한다면 헌터들 사이에 쟁탈전이 벌어질 것이다.

……요리는 마술사와 아무 상관도 없지만…….

그리하여 찌르는 듯한 많은 시선이 집중되었지만, 『붉은 맹세』도 『원더 쓰리』도 전혀 개의치 않았다.

……익숙했다.

단지, 그것뿐이었다…….

*　　*

"그럼 며칠 동안 이 숙소를 거점으로 활동하고, 이 도시에 문제가 없는 것 같으면 집을 빌려서 클랜 홈으로 삼아요. 그렇게 하면 되겠죠?"

""""""""이의 없음!""""""""

길드에서 거점 이동 신청을 마친 후 정보 보드를 한 번 훑고 의뢰 보드로 옮겨 이 도시에는 어떤 의뢰가 있는지 확인한 두 파티는 말을 걸어오는 파티를 요령 좋게 피하면서 재빨리 길드를 빠져나왔다.

그리고 괜찮아 보이는 가게에 들어가 저녁 식사를 마친 후, 길드를 찾기 전에 잡았던 여인숙에서 『붉은 맹세』의 방에 모두 모여 『클랜 회의』를 시작했다.

아직 이 도시에서 신용을 쌓지 않은 두 파티라도 집세 선불, 그리고 무슨 일이 생겼을 때를 대비한 보증금만 내면 집을 빌리는데 특별히 문제는 없었다.

딱히 호적 초본과 보증인도 필요하지 않았다.

대신 집세 체납액이 보증금을 넘어서는 즉시 퇴실 조치 되고, 가재도구는 전부 압류당해 팔린다.

이곳에서는 집주인의 권리를 존중했고 세입자는 완전한 을이었다.

그러나 그것도 무리는 아니다.

야반도주라든지, 일 때문에 다른 도시에 갔다가 영영 돌아오지 않는 상인.

마물에게 죽임을 당하는 헌터.

전쟁터에 나갔다가 전사하는 병사.

잡으려던 범죄자나 주정뱅이의 칼을 맞고 죽는 경비병.

그런, 언제 없어질지 모르는 세입자를 상대로 손해 보지 않으려면 집주인의 입장을 유리하게 만들어야 주택 임대업자가 사라지지 않으리라.

하지만 이는 시각을 달리하면 돈만 미리 내면 신분이 불확실한 자든 후견인 없는 소녀든 아무런 걸림 없이 집을 빌릴 수 있다는 뜻이며, 『붉은 맹세』와 『원더 쓰리』로서는 무척 고마운 시스템이었다.

그리고 두 파티 멤버들은 이 도시가 어떤 곳인지 확인도 하지 않고 집을 빌릴 만큼의 도전가가 아니었다.

만약 이곳이 살기 불편한 도시였거나 길드 관계자와 귀족, 왕족 중에 멍청이가 있으면 즉시 다른 나라로 옮길 계획이었다.

꼭 이 대륙에 나라가 이곳만 있는 것도 아니다.

이 나라는 그저 단순히 대륙의 제일 동쪽에 있어서 『붉은 맹세』가 상륙한 땅이었을 뿐이다.

바다를 접하고 있다는 이점은 있지만, 그게 전부다.

이 나라가 아니어도 바다를 접한 나라는 많고, 내륙에 있는 나라여도 크게 상관없다. 가끔 마일이 해변에 있는 마을을 향해 대량 매입하러 **수평 방향으로 떨어지면 그만**일 뿐이다.

그럴 경우 『왕녀 전이 시스템』을 쓰는 『원더 쓰리』는 이 대륙에서 이동 거리라는 면에 있어 살짝 부담이 가겠지만, 딱히 매달 쓰겠다는 것도 아니고 마일이 조만간 구대륙에서의 이동 수단을 생각해 내면 여기서도 모두 그걸 쓰면 된다.

"빌릴 집은 안뜰이 있고 마일의 욕실과 화장실을 설치할 수 있는 곳이 절대 조건이야. 그리고 부엌은 충분히 넓을 것. 매번 일곱 명이 먹을 밥을 만들어야 하고, 마일이 수납에 둔 것을 모아서 대량으로 만들어야 하니까."

평범한 소녀치고는 조금 많이 먹는 메비스와 평범한 소녀치고는 꽤 많이 먹는 레나와 마일이 있는 것이다. 실제로 만드는 양은 일곱 명분으로는 턱도 없다.

"방의 개수는 다 모이기도 하고 식사할 수 있는 넓은 방에 최소 두 개는 더 있어서 각 파티가 하나씩 차지할 수 있는, 가능하면 모두 따로 쓰게 방이 일곱 개 있으면 좋겠어."

그런 말을 하는 레나였는데…….

"안뜰이 있는 구조인데 넓은 방이 세 개뿐인 배치가 어디 있어요?!"

"꼭 안뜰이 없어도, 담을 쌓아 바깥에서 보이지 않게 하면 뒤뜰이어도 괜찮지 않나?"

"안뜰이고 뒤뜰이고, 아무렇게나 부르면 되지!"

마일과 메비스의 지적에 살짝 언짢아진 레나.

"아니죠, 안뜰과 뒤뜰은 엄연히 뜻이 다른······."

"마일 짱, 거기까지만!"

계속 기를 세워 따지려는 마일을 말리는 폴린.

"마일 씨, 그런 점이에요······. 정말, 하나도 안 변하셨네요."

그리고 어이없는 표정을 짓는 마르셀라 이하 『원더 쓰리』.

"네? 제가 뭐 이상한 소리라도 했어요?"

마일, 여전했다······.

"역시 여인숙도 학원 기숙사도 아닌 자기 집인데 4인실은 좀······. 최소 2인실, 가능하다면 개인실을 써야죠. 그러려면 평범한 일반 가옥은 어려워요. 소규모 상가였던 곳, 숙박업소였던 곳, 한때 가난한 기사작 가문이 살던 집 중에서도 특히 아담하고 낡은 물건 같은 걸 알아봐야 할까요······. 그런데 그런 곳은 중심가로부터 거리가 꽤 떨어진 데가 아니면, 아무리 임대라도 너무 비싸서 엄두도 낼 수 없을 텐데······. 아, 아니, 저희와 『붉은 맹세』라면 그 정도쯤 거뜬히 낼 수 있지만, 우리가 너무 좋은 집에 살면, 그러니까, **너무 튈 수** 있으니까요."

"그렇지······. 우린 어디까지나 『신입 헌터』니까. 그 설정은 지켜야지."

그렇게 말하며 마르셀라의 의견에 찬성하는 메비스.

과한 능력, 과한 재력을 보이면 또 사람 성가시게 하는 작자들이 접근할 것이다.

……그런 건 이제 신물이 난다.

"뭐, 이 도시에 오래 머무르기로 정했으면 부동산에 가서 알아보기로 해요. 아무리 희망 사항을 말로 늘어놓아 봐야 현실에 그런 집이 없으면 아무것도 시작 못 하잖아요."

올리아나의 지극히 상식적인 마무리로 이 일은 보류되었다.

＊　　＊

왕도에 도착한 지 일주일.

각 파티끼리 가까운 거리에 있는 의뢰를 맡아 하면서, 『착실하게 그리고 확실하게 의뢰를 완수하는 전도유망한 신진 파티』로서어느 정도 신뢰를 쌓은 『붉은 맹세』와 『원더 쓰리』.

그리고 당연히 격한 영입전이 일어났다.

……특히 『원더 쓰리』 쪽이…….

『붉은 맹세』는 메비스와 폴린이 성인 같고 전위가 두 명 있는 것처럼 보여서, 일단은 균형이 잘 잡힌 어엿한 파티로 여겨졌다. 게다가 C등급 파티다.

반면 『원더 쓰리』는 누가 봐도 『사이 좋은 미성년자 3인조. 전위 능력이 없어 균형이 최악인 마술사 트리오』다. 그리고 신출내기도 이런 신출내기가 없는 F등급.

아직 헌터가 된 지 몇 달 이내, 심하면 며칠도 되지 않았을 수 있다.

초짜가 가진 돈 다 털어 마술사 옷을 사고 중고 스태프와 단검을 산 걸로밖에 보이지 않았다.

그런 그들을 보니 악의가 있는 자도 없는 자도, 그들을 어떻게든 잘 꼬드겨 자기 파티에 영입해 **보호해야 한다고** 생각했다.

……물론 이미 마르셀라가 대용량 수납마법을 쓴다는 걸 공개했다는 부분도 큰 영향을 미쳤다.

『원더 쓰리』는 의뢰를 착실히 해내고 있지만, F등급도 받을 수 있는 의뢰라는 점도 있고 성실하게 하면 달성할 수 있는 게 당연한 의뢰들뿐이었다.

그리고 물론 그중에는 오크와 오거 토벌 의뢰가 포함되지 않았다.

그래서 그녀들의 실력을 아는 사람은 왕도에서 아직 『붉은 맹세』밖에 없었다.

마일 역시 수납마법을 공개했기 때문에, 전위도 해내는 마술사인 데다 수납마법 보유자라는 까닭으로 물론 마일 쪽에도 권유는 들어왔다.

하지만 『붉은 맹세』는 파티로서 잘 확립되어 있는 만큼, 형태가 아직 제대로 갖춰지지 않은 『원더 쓰리』 쪽이 공략하기 쉽다고 여기는 것은 당연하리라.

……그리고 아무리 봐도 마르셀라는 귀족(고귀한 신분)이었다.

지금도 그런지, 『전』이라는 단어가 붙는지는 몰라도…….

사실은 『붉은 맹세』도 전부 귀족이고 심지어 마르셀라보다 작위가 더 높지만, 그렇게 말해도 아무도 믿어주지 않겠지.

뭐, 여기서 다른 대륙에서의 신분을 이러쿵저러쿵 말해봐야 아무 의미도 없지만…….

좌우지간 권유는 있지만, 그건 수납마법을 숨기지 않는 한 ……아니, 아마 숨겨도 어딜 가나 마찬가지일 것이다.

그리고 수납마법을 숨긴다는 것은 대량의 사냥감을 옮기지 못하고, 호위 의뢰라든지 다른 헌터가 같이 있을 때는 텐트고 화장실이고 욕실이고 신선한 식재료고 아무것도 쓸 수 없음을 의미하는데 그래서는 너무 불편하다. 그래서 그 전제는 허용 범위 밖에 있었다.

그나저나 여기는 왕도여서 그런지 몰라도 억지로 협박이라든지 폭력 같은 방법을 쓰는 자는 나오지 않는 것이, 다른 도시보다 치안이 좋아 보였다.

에일을 사주고 선배 헌터들에게서 정보를 얻은 바 이 나라는 왕도의 상급 귀족도 비교적 정상적으로, 물론 이상한 귀족이 아예 없는 것은 아니지만 인근 나라 중에서는 양호한 편이라고 했다.

유력 상가 같은 곳은 ……뭐, 나라 안의 모든 상인이 성실하고 착한 곳은 존재할 리 없고, 만약 그런 나라가 있다면 금방 망할 테니 생각할 필요도 없다.

……요컨대, 이 도시 그리고 이 나라는 『합격』이었다.

                    ＊　　＊

"두 번째 집이 괜찮은 것 같은데요. 여러분 생각은 어떠세요?"

"응, 나도 거기가 좋아 보여. 다른 사람은 어때?"

마르셀라와 레나의 말에 고개를 끄덕이는 나머지 멤버들.

그렇다, 이 도시(왕도) 그리고 이 나라를『합격』이라고 보고 클랜 하우스를 빌리기 위해 부동산을 찾아 후보 물건을 보러 다녔던 것이다.

그중에서 원래 소규모 여인숙이었던 곳에 눈길이 갔다.

그곳의 장점은 소규모라도 전에 여인숙이었던 만큼 같은 넓이의 객실, 다시 말해 개인실로 쓰기에 딱 좋은 방이 많다는 것이었다.

그리고 당연히 넓은 조리장이 있어서 마일이 아이템 박스에 오래 보관하기 위해 한 번에 많은 요리를 하기 편했다. 커다란 냄비와 솥, 큰 접시도 그대로 남아있었는데 다 껴서 판다고 했다.

모두가 모이는 장소는 1층에 있는 전 식당. 아주 넓어서 마일이 만든 미팅용 칠판 같은 것도 놔둘 수 있다.

또 빨래를 말리거나 전투직 숙박객이 몸이 굳지 않게 운동할 때 쓰이던 조금 넓은 뒤뜰이 있다.

마일이 손수 만든 휴대 욕실과 휴대 화장실을 두기에 충분했고, 우물도 있었다.

그리고 메비스의 수련과『원더 쓰리』의 검술 지도도 할 수 있다.

행인의 시선을 완전히 막기에 지금의 산울타리는 다소 부실한데, 그 부분은 흙마법으로 담장을 쌓으면 그만이어서 문제가 되지 않았다. 클랜 하우스로 방비를 철저히 하기 위해서라도 그러는 편이 좋았다.

이 집을 떠날 때 다시 흙 마법으로 원상복구 해놓으면 된다.

다른 집은 너무 크고 집세가 비싸서 신진 파티, 특히 『원더 쓰리』가 지내기에 적합하지 않거나…… 이 집도 아주 비싸긴 하지만…… 반대로 너무 작아서 방 개수와 뒤뜰 넓이가 마음에 들지 않아 만족할 수 없었다.

부동산업자는 그녀들이 좀 더 작은 집을 고르리라고 생각했겠지만…….

아마도 이 집은 『먼저 큰 집 두 군데를 보여주고 작은 집 두 군데를 보여준 다음 마지막으로 딱 적당한 추천 매물을 보여주는』부동산업자의 흔한 테크닉 중 『큰 집』에 속하는 매물 중 하나였겠지.

그리고 또 다른 『큰 집』은 분명 평범한 헌터가 빌리기에 상식 밖이었을 것이다.

뭐, 헌터 중에는 귀족이나 부잣집 자제가 취미 삼아 하는 경우도 있다.

그리고 마르셀라와 메비스라는 존재로 인해 이 클랜이 구성원의 연령에 비해서 비교적 금전적으로 자유롭다는 설명이 되었기 때문에, 그렇게까지 의문스럽게 여겨지는 않았는지도 모른다.

아직 어린데 돈이 많은 이미지가 있는 것은 썩 좋지 않지만, 온몸에서 뿜어져 나오는 『고귀한 기운』은 어쩔 도리가 없다.

그리고 세입자의 신원이 어떻든, 집세와 보증금만 선불로 잘낸다면 부동산업자야 아무것도 개의치 않는 법이다.

도시의 중심지, 요컨대 헌터 길드와 상업 길드와 상점가로부터
는 다소 떨어져 있지만 시장은 그리 멀지 않다.

또 중심지에서 멀면 너무 소란스럽지 않고 집세가 싼 등 이점
도 있었다.

신전 근처는 정각마다 울리는 종소리가 귀에 거슬리고, 길드와
주점이 코앞인 곳은 취객이 난동 부리기도 하고 시끄러워서 못
견딜 것이다.

"두 번째 집으로 할게."

레나가 그렇게 알리자 부동산업자는 상당히 놀란 눈치였다.

딱히 사는 것이 아니다. 질리면 이사하면 그만이다.

그래서 꽤 가벼운 마음으로 이 집으로 결정한 레나 일행.

현대 일본의 일반 가정과는 달리 이삿짐이 거의 없다.

게다가 이사 따위, 마일과 『원더 쓰리』의 아이템 박스를 쓰면
순식간에 끝난다.

그래서 이사에 대한 모두의 심리적 난도가 무척 낮았다.

지불 방식은 매달 집세를 선불로 내고 보증금, 그러니까 임시
로 맡기는 돈을 내면 끝이다.

둘 다 집세 체납, 야반도주, 건물의 빈번한 파손 등 임대인이
손해 보는 것을 막기 위함이었으며, 보증금은 반년 치 집세에 해
당하는 금액이었다.

이는 어쩔 수 없는 일이다. 임차인에게 악의가 없더라도 언제
죽을지 모르는 세계이기도 하고 특히 헌터는 아무리 건강하고 기

173

운이 펄펄 넘쳐도 어느 날 일하러 나갔다가 그대로 돌아오지 않는 경우가 허다하니까.

그래서 선불과 보증금은 일반적이었고 보증금이 상당히 비쌌다.

부동산업자가 놀란 이유는 누가 봐도 신입인 어린 소녀들이 절대 저렴하지 않은 집을 아무렇지 않게 정하고, 돈 낼 걱정하는 기미도 전혀 없어서겠지.

하지만 헌터 중에는 귀족 자녀 또는 부잣집 자제가 『한 살이라도 어릴 때 하고 싶은 일을 해보고 싶다』면서 헌터 흉내를 내는 『놀이 헌터』라든지, 베테랑 헌터를 고용해서 호화로운 여행을 즐기는 『접대 파티』라든지 다양하게 있다.

그런 생각에 이르렀는지, 부동산업자는 별다른 걱정 없이 계약에 응했다.

좌우지간 보증금과 집세를 선불로 받는 한, 임차인이 죽든 도망가든 빌려주는 사람 입장으로서는 아무 걸릴 게 없었다.

* *

"이곳이 우리의 성이에요!"

"이 대륙에서 우리의 전설이 시작될 장소야!"

"아니, 또 전설을 만들어 버리면 다시 다른 대륙으로 이동해야 한다고요."

"으아아……."

여전한 마일 이하 『붉은 맹세』.

그리고 『원더 쓰리』는…….

"우선 청소부터 해야겠네요. 그런 다음 가구를 들여요."

"일단 침대랑 조리도구, 식기랑 커틀러리네요. 초반에는 이 집에 남겨져 있던 것들을 그대로 쓰기로 해요. 그러면서 서서히 우리 취향으로 바꾸고……. 아, 그전에 화장실이랑 욕실부터 설치해야겠어요. 그리고 조명기구도 확인하고……."

"한동안 안 썼을 우물물을 길어서 청소 겸 물을 갈 필요가 있어요. 그리고 뒤뜰을 가리는 작업이랑……."

『붉은 맹세』보다 현실적인 『원더 쓰리』.

양쪽을 더하고 2로 나누면 딱 좋은 느낌이다.

의외로 괜찮은 조합인지도 모른다…….

*　　*

"욕실이랑 화장실, 설치 다 끝났어요!"

이마에 흐르는 땀을 닦으며 모두에게 보고하는 마일.

……땀 흘릴 만큼 힘들었던 것도 아니면서…….

설치한 것은 마일이 늘 아이템 박스에 넣어두고 있는, 거대 바위로 마음 든든하게 지키는 『휴대식 요새욕실』과 『휴대식 요새화장실』이 아니라 신제품이었다.

훔쳐보는 사람이나 습격자의 기습 공격에 완벽히 대응할 수 있다.

또 인원이 늘어난 만큼 화장실 칸을 두 개로 늘렸다.

부엌과 세면대용으로 만든 급수탑에서 물을 끌어오기 때문에 화장실은 수세식이다.

……아무리 메비스 이외에는 물 마법을 쓸 수 있다지만, 물 한 잔 마시거나 요리와 세수, 설거지 등을 할 때마다 일일이 마법을 써서 물을 만들기 귀찮기도 하고, 양 조절도 어렵다.

그렇다고 항아리에 계속 물을 채워두는 것은 너무 비위생적이다. 마일로서는 절대 용납 못 할 일이었다.

그래서 급수탑이 있으면 무척 편리하다.

급수탑은 높이가 충분해 2층까지도 급수가 가능하다.

급수탑 탱크 속 물은 우물에서 길어와 붓는 것이 아니라 마법으로 채운다.

부엌에 수량이 표시되게 해두었기 때문에 잔량이 일정 기준 아래로 내려가면 본 사람이 보충한다.

메비스는 마법을 쓰지 못하니 제외였고, 마력량이 적은 모니카와 올리아나는 훈련도 겸해 열심히 보충하기로 했다.

이 급수탑과 거기서 파생하는 수도, 수세식 화장실만으로도 이 집의 쾌적함은 일반 가정과 비교할 수 없었다.

게다가 귀족 저택 아니면 고급 숙소에나 있는 욕실.

아니, 마일이 직접 만든 샴푸 등을 추가하면 귀족 저택마저 훨씬 능가한다.

폐수는 지하 탱크에 모아두었다가 마법으로 정화한다.

그렇게 해서 깨끗해진 물을 배수구로 흘려보낸다.

사실은 그대로 다시 써도 될 만큼 완전히 정화하지만, 아무리 깨끗해졌어도 **폐수였던 물**을 쓰는 것은 심리적인 난도가 너무 높았다.

"……마일 씨, 저희를 어디까지 타락시킬 셈인가요……."

"아하하, 이제 일반 여인숙 같은 데선 못 잘 것 같아……."

"집에 돌아갔을 때 재래식 화장실은 못 참을 것 같은데요……."

그리고 이 집의 위험성에 몸을 떠는 『원더 쓰리』세 멤버였다…….

*　*

마일과 함께 살게 되어서 그런지 『원더 쓰리』는 더 이상 초조해하거나 『붉은 맹세』의 다른 세 멤버에게 라이벌 의식을 갖지 않게 되었다.

평소에는 따로 헌터 활동을 하지만, 마일과 같이 살고 그녀의 안전을 확인하고 행복해 보이는 생활을 지켜볼 수 있게 된 것이다. 그것만으로 충분히 만족하는 듯했다.

게다가 합동 수주와 전력 품앗이 등을 통해 가끔은 마일과 같이 헌터 활동도 할 수 있고…….

뭐, 『원더 쓰리』가 전력을 빌린다고 해도, 정말로 필요해서 빌리는 것은 전위직인 마일이나 메비스 정도겠지. 이 두 사람이 있으면 더는 전위 주체인 다른 파티한테 합동 수주를 부탁하지 않아도 된다.

레나와 폴린은 마법 기술 연구를 위한 교류 차원에서 부르는 정도일까…….

한편 레나는 『원더 쓰리』가 자신들 『붉은 맹세』와 같이 개인의 뛰어난 역량을 바탕으로 밀어붙이는 파티가 아니라, 레나가 동경하는 테류시아의 『여신의 종』처럼 서로를 보완하는 팀워크가 장점인 파티이기에 그런 부분을 조금 배우고 싶은 듯했다.

이렇게 새로운 거점과 새로운 태세를 정비한 『붉은 맹세』와 『원더 쓰리』는 이 대륙에서 본격적인 활동을 시작하였다…….

* *

"파티가 필요합니다!"

""""""""네?"""""""""

마일의 느닷없는 선언에 모두 머리 위에 물음표를 띄웠다.

"아니, 아직 우리 두 파티도 본격적인 활동을 시작 안 했는데, 너무 이르지 않아?"

"마일 짱, 아무리 그래도 그건 아직 좀…….'"

당연히 그렇게 말하며 반대하는 메비스와 폴린.

"……네? 아니죠. 지금 안 하면 언제 해요!"

"아는 파티도 없는데 누구한테 권유하자는 거야?"

"네? 아는 파티? 권유? 아니 다른 파티는 초대 안 할 건데요? 우리만의 파티인데요?"

"……어?"

""""어어어?""""

""""""""어어어어어어어??""""""""""

179

*   *

"뭐야, 활동 개시 기념 파티를 말한 거였어? 그럼 그렇다고 제
대로 설명했어야지!"

"맞아요! 진짜……."

"마일, 부실한 설명은 실패의 원흉이야!"

"죄송합니다……."

레나 일행에게 사과하는 마일을, 쓴웃음 지으며 따뜻한 눈길로
지켜보는 마르셀라 일행.

『원더 쓰리』는 마일이 하려는 말을 대체로 다 짐작했다.

그래서 이번에도 처음부터 마일의 의도를 알았기 때문에 놀라
지 않았다.

그런 이유로『붉은 맹세』멤버들이 오해해 일어난 소동을 미적
지근한 눈빛으로 조용히 지켜보았던 것이다.

자신들은 마일을 깊이 이해하고 있다는 여유일까…….

이렇게 해서 파티는 다음 날 하기로 결정되었다.

                     *   *

"자, 어여 드셔, 드셔, 밥들 드셔!"

『붉은 맹세』의 파티 리더이자 클랜의 리더이기도 한 메비스의
간략한 인사말이 끝나자마자 마일이 그렇게 말하며 모두에게 요

리를 권했다.

모두 한 가족인 것이다. 얘기는 먹고 마시면서 나눠도 된다.

"……뭐예요, 그 이상한 말투는…….."

『붉은 맹세』한테는 익숙한 마일의 이 말투를『원더 쓰리』는 처음 들었는지 황당한 표정을 지었다.

하지만 어차피 허풍 동화에 나오는 소재겠지 하면서 깊이 생각하지 않고 그냥 넘겼다.

이런 데에는 익숙해진 것이다.

1층 거실 겸 식당의 테이블 위에 놓인 수많은 요리와 음료수.

마일이 어제 만들어서 시간이 멈추는 아이템 박스에 보관한 것들이었다.

마일은 이럴 때 아이템 박스의 고마움을 제일 실감한다.

다른 헌터와 상인이 들으면 도움닫기까지 해서 주먹을 휘두를 수준의 이야기다.

"……그나저나 늘 생각하는 건데 참 맛있단 말이죠, 마일 씨의 요리……. 이런 식이면 다른 분이 요리 당번을 맡았을 때와 차이가 너무 나서 여러 가지로…….."

요리를 맛보면서 마르셀라가 진지하게 중얼거렸다.

그렇다. 지금까지『붉은 맹세』는 요리를 거의 다 마일에게 맡겨왔다.

마일이 없을 때나 바쁠 때 가끔 폴린이 대신 하거나 조금 도와주는 정도였을 뿐이다.

하지만 이제부터는 교대제여서 모두의 요리(모니카와 레나는 당분간 견습)를 차례차례 먹게 된다.

"아니, 저는 요리 기술이 없어요. 그냥 각지에서 모은 향신료랑 허브 그리고 장기간 시행착오를 거친 결과인 간장, 소스, 된장, 마요네즈, 드레싱, 각종 양념 등을 만들고 또 국물을 내는 아이디어와 새로운 요리법을 생각해 냈을 뿐……."

"""""""자랑하냐!!""""""""

마일은 그저 사실만 말했을 뿐인데 모두 버럭 화를 냈다.

"아, 아니, 그냥 저한테 특별한 기술이 있는 게 아니라 지식과 조미료 덕분이니까 여러분도 제가 만든 조미료를 쓰고 제 방식을 따라 한다면 쉽게 똑같은, ……아니 그 이상의 요리를 할 수 있다고 보는데요……."

"""""""정말……?""""""""

그렇다. 그건 사실이었다.

마일이 딱히 신의 혀를 가진 것도 아니고 얇게 돌려 깎기를 멋지게 해내는 것도 아니다.

소금만 가지고 국물 간을 내는 대결에서 승리할 수 있는 것도 아니고, 매단 고기를 흔들어서 흰 실로 칼집을 내는 속도를 높이는 기술*을 쓸 줄 아는 것도 아니다. 그냥 지구의 조미료와 요리법을 알고 있는 것에 지나지 않는다.

그래서 그런 것들을 모두에게 가르쳐주면 똑같은 요리를 할 수 있을 터였다.……단, 레나는 빼고.

---

*요리 만화 『요리사 아지헤이』에서 주인공의 필살기.

$*$　　$*$

　그 후 음식을 먹으면서 앞으로의 계획과 요리 담의, 기타 다양한 이야기를 나눈 『붉은 맹세』와 『원더 쓰리』였는데, 역시 배가 터질 듯 불러왔다.

　"슬슬 씻으러 가볼까……. 오늘은 누가 먼저 할래?"

　욕실은 꽤 넓어서 항상 파티끼리 들어가는데, 누가 먼저 쓸지는 날마다 달랐다.

　"아니, 오늘은 다 같이 들어가요!"

　그런데 레나의 말에 마일이 바로 그렇게 제안했다.

　"새로 만든 클랜용 요새욕실은 휴대용 요새욕실보다 넓거든요. 그래서 클랜 전원이 같이 들어갈 수 있답니다!"

　"""""""…………"""""""

　분명 마일은 그렇게 하고 싶은 마음에 인원에 맞춰서 새 욕조 크기를 정한 게 틀림없다.

　과연 마일 시뮬레이터가 없는 레나 일행이라도 그 정도쯤은 쉽게 추측할 수 있었다. 마일과는 알고 지낸 지 이미 오래이기에…….

　그리고 물론, 설령 모두가 반대해도 마일은 절대 물러서지 않을 거라는 사실도…….

　그렇다, 말해봐야 헛수고였다.

　"……하아, 알았다고……."

$*$　　$*$

183

"""""""""…………"""""""".

마일은 수행 여행이 끝나고『원더 쓰리』멤버들과 재회했을 때 같이 욕탕에 들어간 적이 있다.

하지만 다른『붉은 맹세』멤버들은『원더 쓰리』와 같이 씻는 것이 이번이 처음이었다.

이 클랜 하우스에 살기 시작한 뒤로도 왠지 모르게 욕탕은 같은 파티끼리 들어갔기에…….

"""""""""…………"""""""".

폴린은 어쩔 수 없다.

다들 폴린은 다른 범주,『명예의 전당 입회』로 간주해 순위에서 제외라는 속마음이 일치했다.

그래서 실질적 1위는 마르셀라였다.

원래부터 귀족 핏줄이고 지금은 작위가 있다.

귀족다운 미인형에 두뇌도 명석하고 마법 실력은 일류, 검술도 그럭저럭 봐줄 만하며 인격이 고결하여 평민들의 흠모를 받고 귀족들도 알아주고, ……그리고 **크다**.

신은 공평하긴 개뿔, 마르셀라에게는 대체 얼마나 많은 장점을 준 것인가.

적어도, 작았어야지.

하나라도, 결점이 있었어야지.

끓어오르는 패배감에 얼굴을 잔뜩 구긴 여섯 명.

메비스는 그나마 낫다.

평균 이하이긴 해도 매니시해서 남장 미인 같은 분위기를 풍겼고, 평소에도 『가슴이 크면 검사한텐 마이너스 요소니까 난 이 정도가 딱 좋아』라고 말했었으니까.

그 말을 들을 때마다 레나가 무서운 얼굴로 노려보는 것을 모르는 사람은 메비스뿐이다.

그리고 사실은 메비스가 억지로 하는 정신 승리일 뿐, 밤마다 남몰래 마일의 가슴 커지는 체조를 따라 하는 걸 모두에게 들켰다는 사실을 모르는 사람도 메비스뿐이다.

……애당초 매일 그 체조를 하는 마일의 가슴을 보면 그게 소용없는 짓임을 알 법도 한데.

한편 모니카와 올리아나도 평균보다 조금 작은 편이다.

귀엽기는 한데 마르셀라와 메비스처럼 귀족의 얼굴이 아니고 어디까지나 서민의 얼굴인 두 사람은 조금이라도 **무기**가 있기를 바랐다.

그래서 큰 가슴을 동경했건만, ……결과는 가슴 아프다.

그리고 마일과 레나가 남았는데…….

마일은 이미 두 파티 멤버들의 **전력 차이**는 파악하고 있고, 자신은 생일이 가장 빠르지만 어쨌든 『원더 쓰리』와 동갑이어서 여기서는 최연소에 속했다.

……요컨대 아직 미래에 희망이 있다.

그러나 메비스의 뒤를 이어 두 번째로 나이가 많은데도 불구하고 마일과 멋진 승부를 펼치고 있는 레나는…….

"어라? 레나 씨는?"

마일의 목소리에 모두 주위를 두리번거리니, 조금 전까지만 해도 분명 같이 욕탕에 몸을 담갔던 레나가 보이지 않았다.

그리고 레나가 있었던 자리에 보글보글 기포가 올라오고 있었다.

……아무래도 침몰한 것 같다…….

* *

"……그래서 이름은 어떻게 할 거예요?"

"네? 이름이라니요?"

목욕을 마치고 티 타임.

느닷없는 마르셀라의 물음에 말귀 못 알아들었는지 솔직하게 되물은 마일.

"우리 클랜 이름 말이에요!"

""""""아아…….""""""

과연 이름은 필요했다.

"버프, 라든지……."

"『버프 클랜』*이요?"

"베리라든지……."

"『클랜베리』?"

"맹견, 이라든지……."

"『클랜의 맹견』**?"

---

*『전설 거신 이데온』에 나오는 적 세력.

**아일랜드 신화에 등장하는 '쿨란의 맹견'에서 따온 말장난.

"마일, 중요한 얘기니까 말장난 그만 쳐!"

『원더 쓰리』는 잘 모르겠지만, 마일의 『일본 전래 허풍 동화』에서 『흰 깃발은 지상에서 적을 한 놈도 빠짐없이 섬멸하겠다는 최대급 선전 포고다』*라는 이야기라든지 빛의 아들** 이야기를 몇 번이나 들었기 때문에 『붉은 맹세』 세 멤버는 마일이 짓궂은 장난을 치고 있다는 것을 다 알았다.

그리고 레나는 파티 이름에 예민했다.

『붉은 번개』의 이름을 역사에 남기는 게 인생의 목표였고, 자신들의 파티명을 『붉은 맹세』라고 짓거나 자신이 시조, 초대가 된 귀족가의 가명을 『레드 라이트닝』으로 정했을 정도로…….

그래서 클랜 이름을 두고 장난치는 마일을 보니 화가 슬 올라온 모양이었다.

"죄송해요…….'"

마일도 레나의 그런 마음을 잘 알았다.

그래서 순순히 사과한 것이다.

"……『붉은 원더 클랜의 맹세 세븐』이라든지…….'"

"너무 다 때려 넣었잖아!"

"『원더 7』!"

"『붉은 맹세』의 요소가 하나도 없잖아!"

레나의 지적이 이어지면서 클랜의 이름은 좀처럼 정해지지 않았다.

---

*『전설거신 이데온』에 등장하는 적 '버프 클랜'의 신념.

**고전 게임 『BURAI』의 등장인물.

하지만 이건 레나 탓이 아니다.

다들 네이밍 센스가 너무 형편없었던 것이다.

"에잇, 됐어! 클랜 이름은 일단 보류해! 파티와 다르게 클랜은 헌터 길드에 신고할 필요 없으니까 급하게 정할 필요 없잖아."

과연 레나가 말한 대로, 왕도에 와서 거점 이동 신고를 할 때 두 파티는 각자 파티 이름과 소속 멤버 이름은 알렸어도 클랜에 관한 말은 하나도 내뱉지 않았다.

클랜은 어디까지나 파티끼리의 우호 협정에 지나지 않으므로 길드는 관여하지 않는다.

"그리고 우리가 클랜을 짰다는 사실은 너무 소문나지 않게 해요. 잘못하면 가입을 희망하는 파티가 찾아와 귀찮은 일이 생길지도 모르니까요. 남성 파티가 억지 부린다거나 이곳 클랜 하우스에 거저 살려고 한다면……."

"곤란하지……. 좋아, 그렇게 하기로 해! 딱히 기를 쓰고 숨길 것까진 없어도 굳이 밝히고 다니진 않는 선으로 정하면 되겠지?"

마르셀라와 레나의 제안에 모두 고개를 끄덕였다.

어린 여성들만 있다는 점에서 남성 파티가, 그리고 숨길 생각 없는 마일과 마르셀라의 수납마법……인 척하는 아이템 박스를 노리고 모든 파티가 꼬이는 것은 늘 있는 일이다.

특히 아직 F등급에 인원이 적고 직업 불균형이 심한 『원더 쓰리』에게는 전위 주체에 마술사가 없는 남성 파티가 보내는 시선이 장난 아니다.

이런데 『원더 쓰리』와 『붉은 맹세』가 클랜을 이루어 같이 산다는 소문이 퍼지고, 심지어 클랜 하우스가 전에 여인숙이었던 건물이어서 아직 방이 많이 남아있다는 사실이 알려지기라도 한다면…….

"뭐, 그딴 거 절대 안 받아줄 거고, 억지로 쳐들어와 여성 클랜의 주도권을 쥐겠다는, 하렘을 꿈꾸는 얼간이들이야 때려눕히면 그만이야. 어디 남들 눈에 띄지 않는 곳에 가서……."

레나가 그렇게 말했는데 폴린이 반대하고 나섰다.

"안 돼요, 레나. 남들 눈에 띄지 않는 데서 그런 짓을 하면……. 보는 눈이 많은 데서 철저하게 때려눕혀야죠. 안 그러면 비슷한 작자들한테 본보기 효과로 위압과 억제를 가할 수 없잖아요."

"아, 그런가. 미안, 내 생각이 짧았네……."

"""""…………."""""

"아, 그러고 보니 마르셀라 씨랑 여러분은 F등급이었죠?"

"네, 헌터 등록을 한 지 얼마 안 됐거든요. 여기는 스킵 제도가 없더라고요……."

물론 그건 마일 쪽도 알았다.

자신들도 F등급으로 시작했으니까…….

"저희는 개인 등급도 파티 등급도 C니까 함께 통상 의뢰를 수주하기는 어렵죠?"

"""""아……."""""

그렇다. 상시 의뢰와 납품 의뢰라면 모를까, 토벌 의뢰와 호위 의뢰는 F등급이 받을 수 없고, 합동으로 의뢰를 수행한다고 해도

『원더 쓰리』가 『붉은 맹세』에게 기생했을 뿐이라고 간주해 『원더 쓰리』는 공적 포인트도 거의 받지 못할 것이다.

양식(養殖) 금지, 무리한 파워 레벨링 금지인 것이다.

아니, 정말로 실력을 쌓기 위해서라면 크게 상관없지만, 길드에 대한 공헌 포인트라는 점에 있어서는 등급 높은 헌터에게 기생하려는 행동을 인정하지 않는다.

『원더 쓰리』는 실력 면에서 충분히 C등급의 수준에 올라와 있고 지금 바라는 것은 공적 포인트이기에 양식이고 파워 레벨링이고 아무런 의미도 없다.

대용량 수납마법을 가지고 있다고 C등급으로 올리는 것 또한 수납마법을 쓴다고 공개된 마르셀라한테만 적용되는 데다가, 심지어 『높은 등급 파티에 들어가 보호받아야 한다』라는 전제 조건이 깔려 있다.

모두가 F등급인 파티에 똑같이 전투력이 F등급인 수납마법 보유자가 있다고 한들 C등급으로 올릴 수는 없다.

그런 파티가 C등급의 토벌 의뢰나 호위 의뢰를 받는다면 바로 전멸이다.

"어떻게든 수를 써서 『원더 쓰리』를 C등급으로, 그게 힘들면 적어도 D등급까지는 올려야 해요……."

난감하다는 듯 눈썹을 찌푸린 마르셀라의 말에 고개를 끄덕이는 일동.

"어떻게 해야……, 앗, 그렇지!"

마일이 좋은 생각이 난 듯했다.

“““““““………….”””””””

그리고 지금까지의 경험을 토대로, 마일이 이런 얼굴일 때는 변변찮은 아이디어를 떠올린 게 틀림없다는 사실을 잘 아는 모두는 애매한 눈빛으로 마일을 바라보았다……

*　　*

“상시 의뢰 납품입니다.”
털썩털썩털썩털썩~~!

“상시 의뢰 납품입니다.”
털썩털썩털썩털썩~~!

“상시 의뢰 납품입니다.”
털썩털썩털썩털썩~~!

“상시 의뢰 납품입니다.”
털썩털썩털썩털썩~~!

“상시 의뢰 납…….”
“……잠깐! 잠깐잠깐잠깐잠깐잠까아아아아안~~!”
대용량 수납마법을 공개한 마르셀라가 동료들과 함께 엄청난 양의 소재 납입을 시작한 지 5일째.

마침내 납품 창구 담당자가 폭발했다.

"너희, 좀 적당히 해! 뿔토끼(혼래빗) 값이 대폭락했다고!"

"전투 증명(컴뱃 프루프)이 끝난 작전은 마음이 좀 놓이는 면이 있네요…….."

그 소동을 바라보면서, 음식 코너에서 과일물을 마시며 중얼거리는 마일을 향해 고개를 끄덕이는 『붉은 맹세』 멤버들이었다…….

＊　　＊

이번에 『원더 쓰리』는 대량 납입하는 사냥감을 뿔토끼로만 한정했다.

마물이 아닌 평범한 동물(사슴이나 멧돼지 같은)은 너무 많이 잡으면 개체수가 확 줄어들어서 잘못하면 몇 년간 이 근방에서 잡히지 않을 가능성이 있다.

그래서 대상은 오직 마물이었는데, 그중에서 길드가 제일 빨리 죽는 소리를 하는 게 뿔토끼였다.

10살 미만 준회원인 아이들이나 F등급 신출내기들이 어떻게든 먹고살기 위한 최소한의 목숨줄.

그것이 바로 비교적 안전하게 잡을 수 있고 고만고만한 가격에 팔리며, 자신들이 먹을 몫까지 확보할 수 있는 뿔토끼 사냥이었다.

그런 뿔토끼의 가격이 대폭락하면…….

자기들이 먹을 양만큼만 잡는 마을 아이들과 고아들은 그나마 낫다. 개체수가 조금 줄어들더라도 뿔토끼는 번식을 잘해서 크게 영향을 받지 않는다.

……하지만 신출내기 헌터한테 매입 가격의 대폭락은 치명상이었다.

차라리 오크나 오거의 가격이 폭락하는 거면 그래도 괜찮다.

그런 마물을 잡을 수 있으면 다른 사냥감으로 표적을 바꿔도 되고, 그 정도 실력을 갖춘 파티라면 몇 달 먹고살 수 있을 만큼 돈도 많이 모아두었을 것이다.

……하지만 뿔토끼로 생계를 이어가면서 경험을 쌓아 성장하는 것이 목표인 신출내기들.

그들에게는, 치명상이다. 이런 짓은 절대 못 참는다.

매입을 맡은 납품 창구 담당자와 길드 마스터가 화내는 것도 당연했다.

그리고 2층 길드 마스터의 방으로 연행된 『원더 쓰리』였는데…….

"속셈이 뭐야, 너희…….."

"아뇨, 무슨 속셈이 있는 게 아니라, 저희는 헌터 등록한 지 얼마 안 된 신입 F등급 헌터여서 그냥 열심히 뿔토끼를 사냥했을 뿐인걸요?"

"""…………."""

마르셀라의 대답에 입을 꾹 다무는 길드 마스터, 납품 창구 담당자 그리고 『원더 쓰리』의 헌터 등록을 맡았던 접수원.

과연 마르셀라의 말대로였다.

F등급 파티가 받을 수 있는 의뢰라면 마을 내 잡일, 약초 채취 그리고 뿔토끼 사냥.

 그것이 신입 헌터가 맡는 3대 의뢰다.

 그중 하나인 뿔토끼 사냥에 매진하는 것이 당연하지, 비난하거나 의문을 느낄 일이 아니다.

 특히 그 세 가지 중에서는 뿔토끼 사냥이 가장 결실이 좋아서, 숲속 활동과 뿔토끼 사냥을 안전하게 해낼 수 있을 만큼의 실력을 갖춘 사람은 더 이상 잡일이라든지 하급 포션용 약초 채취를 하지 않았다.

 ……희귀한 약초는 군생지가 멀고 위험한 장소에 있거나 찾기 어려운 등 난도가 높아 또 얘기가 다르지만…….

 좌우지간 『원더 쓰리』가 뿔토끼를 잡아 오는 것은 신출내기 F등급 헌터의 지극히 당연한 활동으로, 불려와 비난받을 까닭이 없다.

 ……눈곱만큼도, 전혀.

 그렇게 주장한 마르셀라였는데…….

 "……세상에는, 한도와 상식이란 게 있거드으으은!"

 격노하는 길드 마스터와 고개를 마구 끄덕이는 납품 창구 담당자와 접수원.

 "아, 역시…….'"

 마일의 제안을 받아들이긴 했지만 자신들도 한도와 상식을 넘었다고 생각했던 『원더 쓰리』였다…….

 하지만 이건 다 알고도 받아들인 『작전』이다.

바로 지금이라는 듯 마르셀라가 공격에 들어갔다.

"F등급인 저희는 이게 제일 효율적으로 돈을 벌고 공적 포인트를 쌓는 방법이라서요. 안전하면서도 확실하게 뿔토끼를 잡을 수 있고 수납마법 덕분에 사냥감을 대량으로 가지고 돌아올 수 있는 저희가 다른 신입들과 똑같이 마을 내 잡일이나 약초 채취로 푼돈이나 벌 이유는 없지 않나요?"

"".............""

물론 길드 측은 헌터에게 그런 부당한 명령을 내릴 수 없고, 그럴 권한도 없다.

당혹스러워하는 길드 마스터에게 이번에는 올리아나가 구원의 손길을 내밀었다.

"그러고 보니까 최근에 어느 항구도시에서 신입 F등급 파티가 특례 조치로 3등급 특별 승급을 했다는 소문을 들었는데……."

대수롭지 않다는 듯 중얼거린 그 말에 길드 마스터 측은 속으로 비명을 내질렀다.

"'이걸 노렸냐아아아아아~~~!'"

……덫에 걸렸다.

오해의 여지 없이 그 사실을 깨달은 길드 마스터 측.

과연 최근에 어느 항구도시에서 그런 일이 있었다.

그 일은 『특승 사건』 혹은 『그 사건』으로 불리었는데, 화제가 되었을 때 파티의 이름을 딱히 언급하지 않았기에 길드 마스터 측은 서류만 한 번 봤을 뿐 해당 파티의 이름을 기억하지 못했다.

아무리 흔치 않게 3등급 특별 승급을 했다지만 그래 봐야 C등급이다.

B등급과 A등급 파티를 여럿 거느리고 있고 좀처럼 돌아오진 않지만 어쨌든 이 도시가 본거지인 S등급 헌터도 소속된 왕도 길드로서는 아무리 드문 사례라 해도 자기들 유리하게 억지로 C등급이 됐을 뿐인 파티의 이름 따위 관심도 없었으며, 그 이름이 온 나라를 들썩이게 하는 일도 일어나지 않았다.

······하지만 사건 자체는 이 나라의 길드 관계자 중에 모르는 사람이 없을 만큼 유명했다.

자기가 처벌받을 위험을 무릅쓰고 마을과 길드 그리고 헌터들을 위해 결단을 내렸던 그 도시 길드 마스터는 극찬받고 승격했다고 한다.

······당연하다.

도시와 길드와 헌터들을 위해 자기가 받을 불이익을 고려하지 않고 행동한 사람을 처벌한다면 앞으로 두 번 다시 그런 사람은 나오지 않을 테니까.

다들 혼자가 아니라 처자식을 부양하는 몸이다. 자신의 안위와 사회적 지위를 지키고 싶은 법이다.

······그런데 그렇게 쉽게 햇병아리들의 술책에 빠져서야 되겠는가.

"""…………."""

3등급 특승이란 게 그리 자주 있어서는 안 될 일이다.

하지만 전례가 있는 만큼 선구자와 비교하면 허들이 아주 많이 낮다.

게다가 설령 이번에 받아줘도 앞으로 이들과 비슷하게 할 수 있는 신인이 쉽게 나온다고 보긴 어렵다.

……특히 엄청난 용량의 수납마법 보유자가 필요하다는 점에 있어서.

따라서 나쁜 전례가 되어 모방하는 사람이 속출할 염려는 없었다.

단순히 일회성, 단발적인 사건으로 끝날 게 분명하다.

……하지만, 그래도 괜찮은가.

F등급인 어린 소녀들을 2등급 혹은 3등급이나 확 올려도 정말로 괜찮은가.

장래가 촉망한 젊은이들을 죽음으로 내모는 짓은 아닐까.

"""…………."""

고뇌의 선택.

이런 일로 그 선택을 강요받게 될 줄은 꿈에도 몰랐던 길드 마스터였다.

뿔토끼를 수십 마리를 잡을 헌터는 얼마든지 있다.

……만약 그만큼 많은 뿔토끼가 자신들을 향해 달려온다면 말이다.

보통, 실력 좋은 헌터 파티에게 달려드는 뿔토끼란 많지 않다.

누가 봐도 초짜로 보고 덤빈 것이거나 아니면 동료를 놓치게 만들려고 달려드는 경우 등을 제외하고.

뿔이라는 공격 수단이 있지만, 기본적으로 뿔토끼는 초식이고 겁쟁이에 재빨리 도망가고 기막히게 잘 숨는 소형 마수다. 그렇게 많이 잡을 수 있는 게 아니다.

또 만약 잡았다고 해도 무기, 방어구, 물, 식량에다가 비상사태에 대비한 짐까지 짊어진 헌터가 혼자 뿔토끼 몇 마리를 사냥터에서 도시까지 어떻게 가지고 돌아올 수 있다는 말인가…….

뿔토끼가 떼로 덤벼도 될 만큼 전투력이 있고, 유사시에 대비해 치유 마법사를 멤버로 영입하고, 사냥감을 가지고 돌아올 수 있게 대용량 수납마법 보유자도 넣어야 한다.

그런 파티가 고작 뿔토끼 사냥을 할 리 없다.

하루라도 빨리 B등급이 되어 편하게 살 게 뻔하다.

……그리고 애초에 보통은 그런 능력(엄청난 용량의 수납마법)이 있으면 절대 헌터 따위는 되지 않는다.

대규모 상회 집안이나 귀족 가문, 아니 왕가에서조차 좋은 대접을 받을 것이다.

그럼에도 그 스펙에 헌터가 될 생각을 하는 멍청이가 혹시라도 있다면 기꺼이 특별 승급을 해주겠다…… 라고 생각한 시점에서 길드 마스터는 자신의 패배를 깨달았다.

……그렇다.

말도 안 되는 용량의 수납마법을 쓰고, 고작 마술사 세 명이 매일 뿔토끼를 대량으로 잡아 온다. 뿔과 모피가 거의 멀쩡하고 깨끗한 상태로 말이다…….

무척 숙련도 높은 마법을 쓴다는 것은 거의 확실하다.

무엇보다도 어린 소녀 세 명이 옷과 장비가 몸에 익숙해질 때까지 살아남아 있다는 사실이 모든 것을 말해주었다.

그렇다면 『대용량 수납마법 보유자가 있는 파티』로 특별 승급을 적용하는 데는 아무 문제 없다.

……문제가 되는 부분은 D등급으로 할지, 전례를 따라 C등급으로 할지였다.

C등급으로 해주자니 3등급이나 특별 승급이다.

그건 너무도 비정상적인 일이다.

반면 D등급이면 2등급 특승.

그것도 충분히 비정상이긴 하지만 뭐, 엄청난 공훈을 세우며 실력을 드러낸 (F등급 헌터가 단독 파티로 용종을 쓰러트렸다거나) 것이라면 꼭 말이 안 되지도 않는다.

F등급이라지만 신입 헌터 중에는 퇴직한 전 근위 기사라든지 권력 싸움에 진 전 왕궁 마술사 등이 없는 것도 아니다.

다만 똑같은 2등급 특승이라도 F에서 D로, E에서 C로 올라가면 모를까 D에서 B라든지 C에서 A로 올라가는 것은 절대 말이 안 되지만.

나라의 멸망을 막았다거나 마왕을 무찌르고 대륙 전체를 지킨 것과 같은 공적이라도 올리지 않은 한에는…….

그런데 암만 F에서 C라 해도 3등급 특별 승급은 너무 높은 벽이었다.

아무리 전례가 있다지만…….

그러나 D등급이면 일단 일반 의뢰는 다 받을 수 있어도 B등급 이상으로 지정된 것은 못 받고, 한 단계 위인 C등급의 의뢰는 꼭 못 받는 건 아닌데 파티 단독으로 수주하는 데 제한이 걸렸을 수 있다. 또, 호위 의뢰로 고용해 줄 상인부터 없다.

무슨 일이 생겼을 때도…… 마물의 폭주라든지 대재해라든 지…… 물자 수송 요원으로 소집하기에도 D등급은 너무 무리하게 굴릴 수 없으니까.

D등급 파티에게 위험한 장소로 물자 수송을 의뢰했다가 만약 죽기라도 한다면.

장래 유망하고 대용량 수납마법을 쓰는 미모의 소녀(필시 귀족의 딸)을, 어엿한 헌터로 성장하기도 전에 자신들 좋을 대로 혹사하다가 죽게 만든 길드 지부.

그런 악평은 헌터 길드 왕도 지부와 그곳의 길드 마스터로서 치명적이겠지.

자기가 그 책임을 지는 거야 당연하다고 치더라도 아내와 자식 그리고 부모님까지도 『그 길드 마스터의 가족이라지』하면서 비난받는 것은 견디기 힘들다…….

하지만 C등급이라면…….

C등급이라면『어엿한 중견 헌터』다.

멋지고 당당한 헌터로서 왕도 그리고 사람들을 지키기 위해 눈부시게 활약하다가 산화하였노라고 말할 수 있다.

'……그딴 건, 그냥 변명에 지나지 않아! 어떻게 해야 하나……. 아아! 아아아아아아악!!'

꼭 왕도에 위기가 닥친다거나 『원더 쓰리』가 전멸한다고 결정된 것도 아닌데, 생각이 너무 앞서나가 머리를 쥐어뜯는 길드 마스터.

자승자박이라고나 할까.

그리고…….

"……아, 알겠어……. 길드 지부에서 회의를 열게. 며칠만 기다려 줘……."

과연 혼자서 결정하기에는 너무나 높은 관문이었던 듯하다.

＊　　＊

"……어떻게 됐어요?"

클랜 하우스에서 마르셀라 일행에게 길드 마스터 측과의 협상결과를 물은 마일.

"이야기의 흐름은 작전대로였어요. 나머지는 회의에서 결정될 것 같아요. 뭐, 최소 D등급은 확실해 보이니까『붉은 맹세』와 합동으로 수주한다면 어떤 의뢰든 문제없다고 봐요. 다시 말해서……."

""""""계획대로.""""""

모두의 목소리가 겹쳤다.

물론 미아마 사토데일의 소설에 자주 나오는 정형구이기 때문이다.

그리고 이 자리에 있는 모두가 미아마 사토데일의 정체를 알고 있었다.

＊　　＊

사흘 후.

길드 마스터의 방으로 불려간 『원더 쓰리』는 안색이 나쁜 길드 마스터로부터 특별 승급 고지를 받았다.

"……너희 모두 개인 등급을 C, 헌터 파티 『원더 쓰리』의 파티 등급도 똑같이 C등급으로 올린다……."

구성원 전원이 C등급이면 파티 등급 역시 C가 아니면 말이 안 된다.

만약 다른 등급이라면 큰일이 나겠지.

"……저기, 얼굴이 나쁘……, 아니, 얼굴색이 나쁘신데 혹시 어디 아프세요? 치유와 회복마법을 걸어드릴까요?"

"이게 다 누구 때문인데! 그리고 그 부분, 절대 틀리게 말하지 말라고! ……마법은, 부탁한다……."

마르셀라의 말에 이젠 다 포기했는지, 호의를 순순히 받아들이기로 한 듯한 길드 마스터.

마르셀라도 자신들 탓임을 짐작했기에 마법 서비스를 해주겠다고 나선 것이다.

길드 마스터가 과로와 심적 피로로 쓰러지기라도 한다면 두고 두고 찜찜할 테니…….

"……젠장. 나머지 파티가 C등급이고 그쪽에도 수납마법 보유자가 있다는 걸 안 시점에서 왜 못 알아차린 거야……."

길드 마스터, 아무래도 『원더 쓰리』와 같이 온 또 다른 파티가 그들이었다는 사실을 이제야 깨달은 모양이었다.

아마도 길드 회의 때 참석자 중 누군가가 알아차린 거겠지.

"……그럼 잠깐 실례를…… 하압!"

으어어어어어!!

"무려, 무영창이라니! ……아아, 시원하다……. 어깨가, 허리가, 위통이, 풀린다아아……."

황홀할 표정을 지으며 극락을 만끽하는 길드 마스터.

"아아아……. 이건, 나만 받자니 다른 직원들한테 너무 미안하네……. 출납계의 알란도 그렇고, 해체 부문의 가르츠도 나이 탓에 어깨와 허리, 목이 쑤신다고 그랬었는데……."

다른 나이 많은 직원 걱정도 하다니, 좋은 상사일까…….

"아, 그분들도 해드려요?"

"뭐? 그, 그래도 돼?"

"네. 어차피 도시 안이고, 마력이 좀 줄어들어도 아무 문제 없으니까요."

실제로 그랬다. 이제부터 마물 무리와 싸울 것도 아니고, 하룻밤 자면 원상회복된다.

그리고 마르셀라는 길드 직원에게 잘 보일 생각은 조금도 없었다.

한 살 한 살 먹으면서 몸 곳곳이 고장나기 시작했는데도 자신과 가족과 이웃들을 위해 계속 열심히 일하는 장년들. 그런 그들이 조금이라도 편해지면 좋겠다. 단지 그 마음뿐이었다.

"······잠깐만 있어봐! 당장 불러올게!"

그리고 불과 몇 분 후, 아무 설명도 듣지 못했는지 영문을 몰라 당황한 기색이 역력한 나이 든 직원들이 길드 마스터를 따라왔다.
"에어리어 히이일~~!"
"""""""""으어어어어~~~······."""""""""
아무 설명도 없이 영창을 생략하고 쏜 치유·회복 범위 마법.
마법명을 외친 까닭은 무영창이면 무슨 일이 일어났는지 몰라 모두 혼란에 빠질 거라고 생각한 마르셀라의 배려였다.
"어깨가, 어깨 뭉침과 통증이······."
"허리가! 허리가 편해졌어······."
그리고 살살 녹는 표정을 짓던 사람들이 퍼뜩 정신을 차렸다.
"범위 마법을 쓰다니······. 이렇게 어린 나이에······."
"아니, 그게 문제가 아니야! 상처가 낫고 체력만 회복된 게 아니라 어깨 결림과 요통까지 나아서 몸이 가벼워졌다고. 이런 거, 힐로 나을 수 있는 게 아니잖아!"
그렇다, 일반적인 치유·회복마법으로 다친 데는 나아도 그런 만성 질환은 회복되지 않는다.
치유·회복마법은 만능이 아니고 어디까지나 나노머신이 마법 사용자가 상상한 대로의 현상만 일으키기 때문에, 시각적으로 분명하게 그림이 그려지는 외상 치유에는 효과적이어도 눈에 보이지 않고 원인도 몰라 상상하기 불가능한 것에는 거의 효과가 없기 때문이다.

그래서 마술사의 능력이 부족하면 외상의 표면만 막히고 안쪽까지는 낫지 않는다거나 혈관과 신경이 완벽하게 붙지 않는다거나 세균이 침투해 염증을 일으킨다거나 세포 조직이 괴사하는 등 유감스러운 결과를 낳기도 한다.

그런 점에서, 마일로부터 인체 구조며 세균 등에 관해 자세히 배운 레나와 폴린과 『원더 쓰리』는 그런 실패를 하지 않았다.

또 혈행 불량, 신경 압박, 근육의 긴장, 피로물질의 축적 등 어깨 결림과 요통의 원인이 될 수 있는 증상과 그 해소법도 배운 만큼 그런 증상들을 완화하는 구체적 이미지를 떠올릴 수 있었다.

……이는, 다른 마술사가 절대 가질 수 없는 능력이었다.

"이, 이건……, 흐아아아~~…….."

"모, 못 참아, 호아아아~~…….."

의뢰를 끝내고 완료 보고서를 내고 나면 또 해드릴게요.

그 말을 들은 노인들은 눈물을 흘리며 마르셀라 일행에게 연신 절을 했다.

나이 많은 직원들이 평소와 다르다는 사실을 헌터, 특히 꽤 많은 나이에도 은퇴하지 않고 계속 일하는 베테랑 중의 베테랑들이 알아차리기까지는 그리 많은 시간이 들지 않았다.

그만큼 오랜 시간 앉아서 하는 사무 업무에 힘들어하던, 『동병상련』으로 몸 아픈 동료였던 사람들이 눈에 띄게 컨디션이 좋아져 생글거리는 것이다.

그 이유를 캐묻는 것도 당연하겠지.

그 결과, 나이 많은 헌터들도 마르셀라의 치유, 회복마법 덕을 보게 되었다.

『원더 쓰리』와『붉은 맹세』이외에는 어깨 결림과 요통을 고쳐 주는 의사도 약사도 신관도 마술사도 없기 때문에 영업 방해라며 항의가 들어올 걱정은 없었다.

마르셀라는 이 정도 일에 돈을 받을 생각이 없었지만, 그래서는 좋지 않은 선례가 남아 마술사에게 공짜로 치유를 요구하는 사람이 나타날 거라는 이야기를 듣고 약간의 대가를 받기로 했는데, 명백히『형식에 불과한, 서비스 가격』이었다.

……그리고 그 후로 길드 마스터를 비롯해 나이 많은 길드 직원과 초베테랑 헌터들의 마음을 사며 열성팬을 가지게 된 C등급 헌터 파티『원더 쓰리』의 활약이 시작되었다…….

제140장 제3왕녀, 대성녀가 되다

"기근……, 이라고요?"

"그래. 북쪽, 바다와 접한 지역이 올해 농사가 망했다……라고 주장했는데, 틀림없이 흉작이로구나."

저녁 식사 자리에서 국왕이 가족들(왕비, 두 왕자 그리고 세 왕녀)에게 그렇게 알렸다.

"인근 국가인 티루스 왕국과 오브람 왕국 역시 북쪽 바다와 접한 지역은 흉작에 가깝다더군. 특히 동서로 가늘고 길게 바다를 면한 부분이 많은 오브람 왕국은 반년 전 마물과의 전투 때 농지가 훼손된 일도 있어서 상당히 어려운 모양이야. 아르반 제국 또한 국토는 넓으나 원래 대부분이 산지와 황무지인 데다, 마찬가지로 전쟁과 반년 전 사건에서 아직 회복하지 못했지. 마레인 왕국, 트리스트 왕국도 흉작은 아니나 작물이 잘 자라지 않아 예년보다 수확량이 감소했어. 그래서 지원은 해주지만 대규모는 아니야. 다른 나라에 대한 지원보다도 자국민이 굶주리지 않게 하는 것이 급선무니까 뭐라고 불평할 수 없어. 아무리 돈이 쌓인다고 한들 자국민을 굶기면서까지 돈을 벌려는 왕족도 영주도 없을 테니, 다른 나라에서 사들이는 것도 무리겠지. 설령 식량 자원을 샀다고 해도 그런 상황에서 운송을 맡을 상단은, 습격 위험을 감수

하고 목적지에 도착할 수 있는 곳은 극히 일부겠지. 운송을 맡겠다고 나올 자가 없을 것이야."

브란델 왕국의 국왕은 저녁은 되도록 가족과 먹자는 주의였다.

그리고 그때 왕비와 왕자, 왕녀들이 나라의 정세와 국제 관계의 현주소를 제대로 인식할 수 있도록 이런 이야기를 하곤 했는데, 오늘의 주제는 조금 무거운 내용이었다.

"……죽는 사람이……, 굶어 죽는 백성이 나올까요?"

왕비의 물음에 국왕은 원통한 표정으로 대답했다.

"나올 거야. 우리나라에는 그렇게까지 많지 않겠지만 다른 나라, ……특히 오브람 왕국은 많이 힘들어지겠지. 반년 전에도 인근국 가운데 가장 큰 피해를 보았거늘 참으로 안되었구나. 뭐, 지금은 분위기에 편승해 침략을 꾀하는 여유로운 나라가 없다는 게 불행 중 다행 아니겠느냐. ……라고 남 일처럼 말했지만, 우리나라도 아사자가 나오는 것은 거의 확실하다. 다들 행동과 발언에 충분히 유념하여 백성들이 『왕족이 사치 부린다』라고 생각하지 않도록 잘 처신해야 할 것이야."

"""""""""네………."""""""""

*　　*

기근.

……그리고 아사.

다쳤거나 병에 걸린 것도 아닌데.

건강한데, 먹을 게 없어서 굶어 죽다니요.

젊은이도 늙은이도, ……그리고 어린이마저도!

용납할 수 없어요.

……무엇을?

이 세상의 부조리를.

용납 안 할 거예요.

……누가?

바로 저, 브란델 왕국 제3왕녀 모레나가!

편지를 써서 수납에 넣어 에스트 씨에게.

『이곳은 인근 여러 나라가 흉작일 듯합니다. 그곳은 어떠한가요?』

곧바로 답장이 왔습니다.

『여기는 풍작입니다. 그래서 작물 가격이 내려가, 오래 두고 먹을 수 없는 잎채소 같은 것은 밭에 그대로 방치되어 있거나 밭을 다시 갈아엎기도 하고, 농민들 표정이 말이 아니에요. 많이 수확한다고 해서 꼭 좋은 것도 아니로군요. 아니, 물론 흉작에 비하면 100만 배는 낫지만요…….』

……됐다!

여신님, 저 모레나가 해낼게요!

여신님에게 받은 이 능력을 써서.

……많은 사람을 위하여!

그것이 여신님이 이 능력을 저에게 내려주신 이유인 게 틀림없

어요.

저는 반드시 그 기대에 부응해 보일 것입니다!!

                         *   *

『뭐라고요오옷? 진심이십니까, 모레나 님! ……아니, 진심이시겠지요……. 지금껏 모레나 님께서 돈과 음식과 사람 목숨과 관련된 일을 가지고 거짓말이나 농담을 하신 적은 없으니까요……. 알겠습니다. 이에스트리나, 모레나 님에게 모든 것을 걸어보겠습니다!』

『훌륭합니다! 우리 제3왕녀 콤비, 여신의 시련에 작당 난입하는 거예요!』

『넷!!』

                         *   *

"……모레나, 방금 뭐라고 했지? 미안한데 다시 한번 말해보겠느냐?"

다음 날 저녁 식사 자리에서 국왕은 귀를 의심했다.

"네, 아버님. 제 개인 자산을 전부 황금 잉고트, 보석, 비싸고 희귀한 물품과 예술품, 공예품 등으로 바꿔 주세요. 머나먼 이국땅에서 비싼 값에 팔릴 만한 것으로……. 그런 다음 저희가 그걸 식량으로 바꿔서 북부 영지에 그리고 오브람 왕국에 뿌리는 거예요. ……폭등 전 가격보다 2할 올려서!"

"공짜가 아니라 확실하게 돈을 받자는 거구나……."

"당연하지요. 안 그러면 저희가 파산해 버리는걸요. 자원봉사라고 다 공짜는 아니잖아요. 세상에는 유상 자원봉사와 무상 자원봉사가 있는 법이죠.『자원봉사』라는 단어에는 원래 공짜라는 의미가 없어요. 자원봉사와 노동의 차이는 보수의 유무가 아니라 자발적인 의사와 강제성의 유무에 있어요. 조난자를 찾기 위해 자기 일까지 쉬어가면서 2차 조난의 위험을 무릅쓰고 수색대에 들어간 사람은 보수로 얼마를 받든 훌륭한 자원봉사자가 아니겠어요? 자원봉사는 무조건 공짜로 일해주는 사람이라고 착각하는 무지한 사람도 있겠지만 일부에 불과할 거예요. 그런데 만약 이번에 저희가 무상으로 식량을 뿌린다면 재산이 거덜 나버린 저희는 다음 지원 물자를 사지도 못하고, 두 번 다시는 자원봉사를 할 수 없게 돼요. 그리고 사람들은 다음에 또 기근이 찾아와도 공짜로 식량을 받을 수 있다며 아무런 준비도 대책도 세우지 않고 그저 안온한 나날만 보내게 될 거고요!"

모레나가 열변을 토하자, 눈을 커다랗게 뜨는 국왕.

"진심이구나. 그리고, 머리가 꽃밭이 아니고 확실한 승산이 있는, ……모략 왕녀 그리고 이 세계의 수호자 중 한 명으로 일컬어지는 네가 뭔가를 해보려 하고 있구나, 범인(凡人)인 짐에게는 막을 자격이 없겠지……. 좋다! 왕가에서 전면적으로 지원하겠노라. 하고 싶은 것을 마음껏 하도록 하라!"

"하핫, 성은이 망극하옵니다!"

그리고 모레나와 국왕의 대화에 따라가지 못해 멍한 얼굴인 왕비와 오빠와 동생들이었다.

"모레나, 그런데 아까부터 계속『저희』라고 말하고 있는데……달리 또 동료가 있는 게냐?"

국왕의 물음에 모레나가 생긋 웃으며 대답했다.

"네. 머나먼 바다 저편 대륙에 사는 저의 여동생. 마음씨 다정한 소녀, 에스트리나 왕녀요."

"""""""""으에에에에에에에에엣?"""""""""

여러 가지로 이해의 범주를 넘어선 정보가 담긴 모레나의 말에, 경악해서 소리를 지른 가족들.

그리고 무슨 소리를 듣든 안색 하나 바꾸지 않고 한 귀로 흘리는, 프로 중의 프로인 하인들이 무심코 그릇 소리를 내버린 것은 그들에게 있어 일생일대의 실수였다.

＊　　＊

『에스트 씨, 준비 다 되셨는지요?』

『네. 현재 위치, 우리나라의 곡창지대. 이미 대량의 농작물을 모아 창고가 꽉 찼고, 밖에도 산더미처럼 쌓여 있습니다. 이런 집적 장소가 주위에 몇 군데나 되는데, 저의 이동에 맞춰 각지에서 똑같이 쌓아 둘

예정입니다. 또한, 농작물 매입과 지불 실적을 쌓으면 주변국으로부터도 매입 신청이 쇄도할 것으로 예상됩니다. 어쨌든……』

『폭락 전 가격보다 2할 할인해서 받아주는 조건이었으니까요. 당연히 곡창지대 영주가 달려들겠지요. 저도 현재 위치는 흉작 지역의 텅 빈 창고 안이랍니다. 그럼, 시작할게요..』

수납마법을 이용해 편지로 주고받는 연락이라 조금 귀찮긴 하지만, 항상 수납 안을 확인하니까 시차는 거의 없을 거예요.

창고 안에는 저 말고도 제 호위 병사들, 주위 마을의 촌장들 그리고 이곳 영주와 그의 가신과 호위들이 있어요.

……미리 한 설명은 아무도 믿지 않는 눈치였지요.

아무리 반년 전 전투로 제가 유명해졌다지만, 그땐 그냥 마법으로 싸웠을 뿐이지 딱히 기적을 보여준 건 아니니까요.

그리고 제가 최근에 여신님으로부터 받은, 이 상식에서 벗어난 수납마법은 아버님과 극히 일부 사람들에게만 알렸거든요.

……그것을 지금 공개합니다.

표적이 될 거라고요? 이용당할 거라고요?

그딴 건 민초의 목숨에 비하면 고려할 것까지도 없는 사사로운 문제랍니다.

여신의 총애를 받은 저를 적대할 용기가 있다면 얼마든지 상대해 드리죠.

……시간 다 됐네요.

수납마법을 열고 안에 있는 것을 꺼냅니다.

구경꾼들은 아무런 말이 없습니다.

수납에서 물건을 꺼내는 것은, 드물긴 해도 그 정도 위치에 있는 사람이라면 수도 없이 많이 봤을 테고 딱히 놀랄 일이 아니죠.

뭐, 왕녀인 제가 수납마법을 쓴다는 사실을 숨겼고 그걸 지금 공개한 것에는 놀랐겠지만요…….

수납 안에 든 것을 꺼냅니다.

꺼냅니다. 꺼냅니다.

창고 안은 헛기침 소리 하나 들리지 않는 정적이 이어지고 있습니다.

그리고…….

"우오오오오오! 기적이다, 여신님의 기적이야!! 뭣들 하고 섰어! 사자님의 발밑이 꽉 들어찬 바람에 다음 물건을 꺼낼 수 없어 곤란해하시잖아! 얼른 물건들을 옮겨서 안쪽부터 착착 쌓아나가라, 사자님을 거들어 드려라! 서둘러!!"

촌장 중 한 명이 그렇게 소리치자 다른 사람들도 허둥지둥 물건을 옮기기 시작했습니다.

……고마워요.

호위들과 영주, 가신들은……, 입을 쩍 벌리고 그대로 굳어 있네요.

뭐, 그쪽은 신경 쓰지 말고 내버려둬도 되겠지요.

저는 제가 해야 할 일을…….

그쪽에서는 에스트 씨가 열려 있는 수납에 계속 짐을 넣고 계십니다.

꺼냅니다. 꺼냅니다. 꺼냅니다. 꺼냅니다. 꺼냅니다. 꺼냅니다.
꺼냅니다. 꺼냅니다. 꺼냅니다. 꺼냅니다. 꺼냅니다. 꺼냅니다.
꺼냅니다. 꺼냅니다. 꺼냅니다. 꺼냅니다. 꺼냅니다. 꺼냅니다.
꺼냅니다. 꺼냅니다. 꺼냅니다. 꺼냅니다. 꺼냅니다. 꺼냅니다.
꺼냅니다. 꺼냅니다. 꺼냅니다. 꺼냅니다. 꺼냅니다. 꺼냅니다.
꺼냅니다. 꺼냅니다. 꺼냅니다. 꺼냅니다. 꺼냅니다. 꺼냅니다.
꺼냅니다. 꺼냅니다. 꺼냅니다. 꺼냅니다. 꺼냅니다. 꺼냅니다.

"아아! 아아아! 아아아아아아아!"
"오오오, 여신이시여! 오오오오오!"
왠지 뒤편에서 감격에 겨운 목소리가 들려오네요.
영주와 가신, 호위들입니다.

딱히 식량이 무한하게 나오는 것도 아닌데요.

매입에는 돈이 든답니다, 나중에 대금을 확실하게 치르셔야 해요.

공짜는 아니라고요, 공짜는!

게다가 어려움이 닥쳤을 때 여신님이 공짜로 음식을 주신다, 하고 생각하게 만들어 버리면 모두 낙관해서 위기감과 근로 의욕이 사라지고 말 거예요. 그건 절대 안 될 일이지요.

그런 일은 막아야만 해요, 그럼요.

아, 가신 여러분, 할 일 없으면 제 발밑에 깔린 짐을 좀 같이 옮겨 주셨으면 하는데요…….

그런 생각을 하고 있는데 제 시선을 알아차렸는지 호위와 가신들과 영주마저도 상의를 벗어 던지고 짐 옮기는 작업을 돕기 시작했습니다.

좋네요, 이제 순조롭겠어요.

에스트 씨는 쌓여 있는 짐들을 넣기만 하면 되고 옮길 필요가 없기 때문에 속도가 빠른……, 앗, 저 바보인가요!

저도 짐을 꺼내면서 제가 이동하면 되잖아요! 멍청해요, 창피합니다!

*　　*

그 후 모두의 깍듯한 대접을 받으며 다음 비축 창고(텅 빈)가 있는 곳으로 이동했습니다. 건너편에서는 에스트 씨가 다음 창고

(꽉 찬)로 이동하셨고요.

그렇게 흉작이 극심한 연안 지역을 돈 다음 상황이 심각한 이웃 나라 오브람 왕국으로 향할 겁니다.

에스트 씨에게 건너편에서 곡물을 매점하기 위한 자금을 드리려고 제 모든 자산에 추가로 돈을 더 빌려서 황금 잉고트와 보석, 그 밖에도 그쪽에서 비싸게 팔리는 품목들을 사모아 수납을 통해 보냈답니다. 아버님도 국고와 개인 자산 양쪽을 통해 자금을 보태주셨습니다. 그 자금을 전부 써서 에스트 씨가 물품을 사모아 주신 건너편 대륙의 잉여 식량.

한쪽은 흉작이어서 아무리 돈을 낼 수 있어도 식량을 구할 수 없고.

한쪽은 풍작이어서 식량 가격이 폭락했고.

그 양쪽을 공용 수납마법을 터널 삼아 연결한 방법.

여신에게 받은 이 기적의 능력을 응용한 비법으로 많은 민초를 구원하는 겁니다.

분명 여신님도 칭찬해 주실 거예요!

* *

우리나라의 연안 지역을 돌고 현재는 오브람 왕국으로 가고 있어요.

놀랍게도 제 활동에 감화받아, 이 나라와 긴 국경선을 접하고 있는 남쪽의 이웃 나라인 마레인 왕국과 트리스트 왕국으로부터 식량 지원이 들어오기 시작했다고 합니다.

그 두 나라 역시 흉작까지는 아니어도 작황이 썩 좋지 않아 그렇게 여유도 없을 텐데요.

좌우지간, 『자신들의 식사량을 3분의 2로 줄이면 물량을 어떻게든 마련할 수 있다』라면서 전 국민이 하나가 되어 물심양면으로 지원하고 있다는군요.

……여러분, 바보인가요.

하지만 저는 그런 바보, 싫지 않답니다.

아, 물론 그 지원 역시 무상이 아니라 후에 값을 치를 예정이라고 해요.

그야 그렇겠지요, 지원 물자를 모으는 것도 그렇고 수송하는 것도 그렇고 돈이 드니까 말이에요.

그리고 앞으로 언젠가 반대로 자기 나라가 흉작일 때도 있을 테니, 그때 상대국 정부의 양식(良識)에 기대를 걸 게 아니라 돈이라는 형태로 확실하게 값을 치러둬야겠지요.

그리고 무엇보다도 이웃 나라의 지원 물자가 공짜면 유료인 저희의 입장이 난처해지니까요.

다행입니다. 가까스로, 세이프네요…….

*　　*

모레나 님이 어마어마한 소식을 전하셨습니다…….

모레나 님의 나라와 인근 국가에서 작황 상태가 썩 좋지 않은…… 아니 『흉작』에 가까운 상황이어서 이대로 가다가는 아사자가 나올 거라는 겁니다.

반대로 우리나라와 이웃 나라에서는 너무 과도한 풍작이라 난감한 상황인데…….

가격이 폭락해서 수확 작업과 선별, 출하 그리고 호위를 붙여 대도시로 수송하게 되면…… 본전도 못 찾을 거예요.

출하하면 할수록 적자겠지요.

아무리 일해도 필요경비 쪽이 더 올라갈 것입니다.

그래서 농가에서는 눈물을 머금고 작물을 으스러트리고 밭을 갈아엎어 조금이라도 더 다음 수확에 도움이 될 수 있게 비료 대신 쓴다거나…….

이래서는 배는 곯지 않더라도 수입이 없기 때문에 고기도 못 사요.

그리고 문제는 내년입니다.

내년에 농민들이 조금이라도 더 수확량을 늘리기 위해 농사일에 힘쓸까요?

열심히 일해 수확량을 늘릴 의미가 없다는 생각이 들지 않을까요?

그래서 재배 면적을 줄인다거나…….

하지만 올해 풍작은 작물의 생육에 중요한 시기의 기후와 기온, 기타 다양한 조건이 맞아서 가능했던 것입니다.

……만약 내년에는 기후 조건이 나빠 작황이 시원치 않다면?

더 심각하게, 흉년이라면?

지금 모레나 님의 나라보다 더 심각해지고 말아요! 수많은 국민이 죽게 되는…….

이번 일은 하늘이 도운 거예요!

모레나 님의 나라를 위해서가 아니라 우리나라를 구하기 위해 신이 도우시는 거예요!

모레나 님이 하신 이야기.

제 전부를 걸고 최선을 다해 응할 것입니다!

*   *

모레나 님이 수납마법을 통해 보내주신 황금 잉고트, 보석, 미술품.

그것들을 팔고 얻은 대량의 금화.

그 돈으로 국내와 주변국에 남아도는 작물을 사들였습니다.

……폭락 전 가격보다 2할 싸게.

더 살 수도 있었지만, 어디까지나 목적은 『사람들을 구제하는 것』이니까요. 여기 대륙 그리고 모레나 님의 대륙에서도…….

그러니 이익은 이 정도면 충분합니다.

다들 그럼에도 제가 개인 재산을 쏟아부어 크게 손해 보고 있다고 여기는 모양인데, 저는 그렇게 싱거운 사람이 아니랍니다.

……거짓말이에요.

실은 폭락 전 가격으로 사려고 했는데 모레나 님께서 『그렇게 하면 에스트 씨한테 이익이 없잖아요! 자선사업도 아닌데요!』하고 혼내셨거든요.

　아니, 저, 자선사업인 줄 알았는데요! 그게 아니었나요!

　좌우지간 저는 폭락 전보다 2할 싼 가격에 사 모은 작물을 일반 가격으로 모레나 님에게 팔고, 모레나 님은 그걸 2할 더 비싼 값에 각지 영주들에게 팔기로 했습니다.

　민중에게 직접 파는 성가신 일은 사양하고 싶고, 그렇게 하면 돈을 받기도 힘들기에 영주한테 한꺼번에 팔고 확실하게 돈(혹은 황금 잉고트나 보석, 증서 등)을 받는다고 하셨습니다.

　……역시 똑 부러지시네요! 저도 보고 배워야…….

　그렇게 해서 아버지에게 부탁드려 나라 전체에 고지했습니다.

　『모든 작물을 폭락 전 가격보다 2할 낮은 가격에 사들이려 한다. 곡물, 구황작물, 잎채소, 기타 모든 작물이 대상이다. 국내 작물이면 수량 무제한. 국외 작물은 사전에 조정하여 계약을 마친 것에 한한다. 이는 제3왕녀 에스트리나가 주재하는 자선사업이다. 우리나라와 머나먼 이국의 백성들을 구원하기 위한 물자 운송과 집적에 관하여 모두의 협력을 기대하는 바다.』

　인건비를 들이지 않겠다는 속셈이 뻔히 보이는 고지문이네요.

　……역시 국왕 폐하, 역시 아버지이십니다. 보고 배워야…….

　이 계획을 아버지에게 들려드렸을 때, 믿어주지 않으실지도 모른다고 걱정할 필요가 없었습니다.

아무래도 제가 모레나 님과 함께 여신님으로부터 수납마법을 전수받았다는 사실을 아버지를 포함해 극히 일부 사람에게 알려 드리기도 했고, ……제 방에 쌓여 있는 금덩이, 보석, 미술품, 희소한 소재, 기타 여러 가지를 실제로 목격하셨으니까요.

네, 물론 모레나 님의 지불 방식은 물납에 선불입니다.

그것들을 담보로 국비를 무이자 대출해 전국에 남아도는 작물을 각지의 창고에 모으게 하고 제가 회수하는 여행이 시작되었습니다.

……훗날 그것이 『에스트리나 왕녀의 기적의 여행』으로 음유시인의 시와 연극이 되고 종교 서적에 실리기도 할 줄은 정말 몰랐답니다, 네!

좌우지간 전국을 돌며 쌓인 물자를 전부 수납마법에 넣어 모레나 님에게 보내고, 영주에게는 대금 지급 증서를 보냈습니다.

이 나라의 왕녀가 주는, 인지가 찍힌 증서입니다. 이게 부도나는 것은 나라가 망했을 때 정도니까 신용도에 문제는 없답니다.

오랜 여행으로 이곳저곳 돌아다니는데 대량의 금화를 소지할 수는 없으니까요…….

여하튼 여행하면서 물자 집적 창고에 도착해 영주에게 증서를 건네고 모든 물자를 수납에 넣습니다.

물론 미리 모레나 님과 조정해서, 저쪽이 꺼낼 준비를 마친 후에 시작합니다.

그렇게 하지 않으면 수납 안이 금세 꽉 차 더는 넣을 수 없게 되고 마니까요.

창고가 텅 비면, 모여 있던 이웃 마을 대표자들에게 영주님이 증서를 머리 위로 번쩍 들고는 거기에 적혀 있는 금액을 읊습니다.

그러면 울려 퍼지는 환호성.

뭐, 기쁘겠지요.

저는 환영과 감사의 연회에 초대되어 다 기억하지 못할 만큼 많은 사람의 인사 요청, 악수 요청을 받았고, 다음 날 아침에 다음 집적지로 향하는 것입니다.

성녀님~, 하는 불온한 외침을 등지고……

그런 식으로 사칭했다간 신전 세력이 가만히 있지 않는다고요!

……뭐, 창고를 가득 채웠던 작물이 눈앞에서 사라지고 그 대신 영주의 손에 대금 증서가 나타난다면 그렇게 착각해도 무리는 아닌가요…….

저도 그런 장면을 목격한다면 성녀님이라고 생각하겠지요.

물자 수납 여행을 시작한 지 20일 정도 지나자, 고지한 내용을 믿지 않았던 주변 국가로부터 매입 계약 체결 신청이 쇄도하기 시작했습니다.

물론 그 창구는 왕궁 쪽에 부탁해서 외무대신과 재무대신이 맡아주고 있습니다.

저는 그냥 국내를 다 돈 후, 파발마로 전해오는 지시에 따라 다른 나라로 이동하기만 하면 됩니다.

물론 각 나라의 사람이 앞에서 안내해 주고, 호위 병사들도 붙습니다.

……300명 정도요.

국왕 폐하의 순행이냐고요!

아니 아무리 왕녀라지만 다른 나라, 그것도 제3왕녀인데요?

왕위 계승 순위도 한참 아래, 여덟 번째라고요. 오빠와 남동생이 총 다섯 명, 언니가 두 명 있으니까요. 여동생도 한 명 있고…….

좌우지간 혼인 외교의 도구라는 가치밖에 없고, 납치하면 그대로 손절당할 뿐 정치적으로도 금전적으로도 저를 습격할 이유가 없답니다, 저는.

그런데도 왜 이렇게 호위 병사가 많은 건가요…….

아! 저에게 무슨 일이 생기면 농작물을 못 팔게 되어서인가요!

그렇구나, 그 정도로 농작물을 사주길 바라다니…….

그런데 길가에 있는 사람들이 저를 보면서 왜 절하는 거예요?

엥? 대성녀님?

대성녀님이 오시는 건가요?

안 돼요, 어서 길을 비켜드려야!

여러분, 대성녀님의 앞길을 막으면 안 돼요! 옆으로 물러나 길을 터 주세요~!!

*   *

……저였네요.

뭐, 창고를 꽉 채운 농작물을 전부 수납하고 그 대신 나라가 발행한 지불 보증 증서를 건네고 떠나는 사람이 있다면 저라도 그렇게 생각하겠지요.

못해도 대성녀나 여신의 총아. 잘못하면 사자님이나 아예 여신님…….

그중에서는 대성녀가 차라리 나은 편이었어요. 그나마 『인간 측』의 범주에 있으니까요.

그 이상이 되면 『여신 측』이 되고 말아요…….

그럼 더 이상은 인간 취급을 받지 못하고, 인간이 누릴 평범한 행복으로부터 멀어지고 만다고요!!

신전에 갇혀서 마치 종기라도 만지는 느낌의 대우나 받고…….

어, 어떻게든 『여신의 총아』라든지 『사자님』이라고 불리는 것만은 반드시 막아야 합니다!!

이 문제는 모레나 님과 상의해야겠어요…….

＊　　＊

긴 여정이었습니다.

우리나라의 연안 지역을 돈 다음 오브람 왕국을 돌았지요.

에스트 씨와의 타이밍 문제도 있어서, 저쪽에서 이동과 물자 집적을 위한 시간을 기다리는 등 꽤 많은 시일이 걸렸습니다…….

하지만 사람들을 구하기 위함이니 저도 에스트 씨도 열심히 임했습니다.

그리고 에스트 씨, 곡창지대의 농민과 영주 사이에서 큰 인기를 끌었다고 하네요. 자기 나라뿐 아니라 인근 국가에서도…….

거의 『숭배한다』라고 표현할 수 있을 정도라네요.

너무 많아 남아돌던 곡물의 매입.

가격이 폭락한 곡물을 싸게 후려치지 않고 원래 가격의 2할만 깎은 양심적 가격으로 구입.

그리고 기근으로 고통받는 머나먼 나라 사람들을 구하기 위해서라는 고상한 목적.

또한 그 행동에 감명받은 여신이 내려주신 물질 전송 마법……인 것처럼 되어 있는 특수한 수납마법.

아니, 제일 후자만으로도 숭배받기에 충분하지요.

에스트 씨, 이미 대성녀로 여겨지고 있다고 합니다.

"……이에, 모레나 왕녀를 대성녀로 인정하는 바이다!"

커다란 환호성이 터져 나왔습니다.

현실도피도 여기까지네요.

네, 보시다시피 저, 대성녀로 인정받고 말았습니다…….

평상시보다 고작 2할 오른, 파격적인 가격에 공급받은 대량의 식량.

……그리고 사정을 잘 모르는 일반인들은 매입가가 더 비쌀 거라고 생각하겠지요.

그래서 제가 큰 손해를 짊어졌다고…….

고귀한 신분이면서도 위험한 장기 여행을 떠나 백성을 위해 몸이 가루가 되도록 일하고, 나라를 불문하고 많은 목숨을 구했다는 것.

……그리고 그 때문에 여신에게 받은, 아득히 머나먼 땅에서 물자를 옮겨오는 경천동지할 기적의 능력.

그럼 당연히 대성녀 정도로는 인정해버리겠지요…….

곰곰이 생각해 보면 이건, 사자님 또는 여신님이 직접 하실 만한 기적이 아닌가요…….

도저히 사람이 할 수 있는 일이 아니잖아요.

……혹시 저, 대형 사고를 친 걸까요?

우리, 사적 재산을 탕진하긴커녕 떼돈을 벌었는데요.

흉년인 나라들도 작물을 망쳤을 뿐이지 다른 것들, 그러니까 광업, 임업, 상업이 망한 것도 아니고 모아둔 금화와 보석이 없어진 것도 아니어서 영주 저택의 금고와 국고를 통해 대금은 바로 지불했습니다. 일부는 금화가 아니라 보석과 증서로 냈지만…….

그래서 일시적으로 대신 값을 치렀던 저와 아버님의 개인 자산 그리고 국고 대출금은 바로 돌려받았고, 오히려 그 이상으로 돈을 불렸답니다.

게다가 에스트 씨 쪽도 제가 보내드린 물품들을 곡물을 사들이기 위해 환금하실 때, 구매 자금 이외에 **자기 몫까지 환금**하셔서 꽤 돈을 많이 버셨을 거예요.

사람들을 구해 많은 이들이 고마워하고 기뻐해주고, 또 막대한 이익까지 얻고.

장사, 너무 즐겁네요!

"……그리하여, 여신이 대성녀를 보내주신 우리나라의, 앞으로 펼쳐질 눈부신 미래를……."

아아악, 자기 멋대로 이야기를 쭉쭉 진행하고 있어요!

반년 전에 아델……, 마일 님을 되찾아 우리나라가 독점하려고 했던 야망을 이루지 못했기에, 이번에는 저를 내세워 국위 선양을 도모함과 동시에 여신의 총애 관계로 저와 마일 님의 교류 그리고 이를 발판 삼아 다시 마일 님을 되찾으려고 획책할 셈이겠지요…….

뭐, 그건 저도 뜻이 같지만…….

오빠와 빈스, 둘 중 한 명과 마일 님 그리고 남은 쪽은 마르셀라를 이어주려던 제 계획을 이루는 일이니까요…….

그래요, 전 아직, 포기하지 않았어요…….

* *

"에취!"

"후에에에에~취!"

마르셀라와 마일이 연달아 재채기했다.

재채기를 했는데…….

"……마일 씨, 저기, 좀 더 조신하게……".

"방귀와 부스럼은 장소를 가리지 않는다고 하잖아요! 그리고 마르셀라 씨, 여자아이한테 지나친 환상을 품고 있어요! 타와바* 씨도 아니고……."

---

*『궁극 초인 R』의 등장인물로 여주인공이 상스러운 말투를 쓰면 화를 낸다.

"누군데요, 그 사람은! 그리고 환상이고 자시고 제가 『여자아이』인데요!"

"맨손으로 코를 푼 것도 아닌데, 재채기 좀 요란하게 하는 것 정도야……."

"안 돼요! 마일 씨, 마일 씨는 애당초 소녀의 존엄성이란 게 대체 뭐라고 생각하나요!"

"아~ 또 마르셀라가 마일에게 하는 『숙녀 교육』이 시작됐어……."

"뭐, 마일은 백작님이자 후작님이니까 말이지. 아무래도 조금은 그런 부분도 신경을……."

"그 이전에 마일 짱은 사자님이고 여신의 총아잖아요. 너무 상스럽게 굴면 신전에서 쓴소리를 할 거라고요. 뭐, 이 대륙에서야 그럴 걱정이 없지만, 조만간 다시 그리로 돌아갈 테니……."

그리고 레나, 메비스, 폴린의 말에 씁쓸하게 웃는 모니카와 올리아나였다.

특별 단편 리트리아의 고난

"아버지, 손님은 돌아가셨나요?"

"그래, 조금 전에 겨우······. 허나 포기한 건 아닌 듯하구나. 후작 가문이니 리트리아가 시집오는 게 당연하다는 태도였으니까······."

후작 가문의 아들이 왔다 간 것이 아니다.

하급 귀족에 지나지 않은 오라 남작 가문에 무려 후작 본인이 직접 방문했던 것이다.

······물론 강한 압박을 주기 위해······.

『시집』오라고 했어도 꼭 후작이 자신의 후처로 삼겠다는 말은 아니었다.

자기 아들의 아내가 되라는 뜻으로, 리트리아더러 자신의 대를 이을 아들과 혼인하라는 이야기였다.

별 볼 일 없는 남작의 셋째 딸이 후작가에 시집이라니. 이는 엄청나게 팔자 고치는 일이었다.

가문 차이로 인해 왕가와 그 일족인 공작가에는 시집갈 수 없다.

법도상 문제가 되지 않는 제일 상한선이 후작가였는데, 그것도 보통은 셋째 아들 이하가 대상이고 대를 이을 장남, 아니면 장남에게 변고가 생겼을 때 작위를 이어받을 예비용인 차남은 그런 하급 귀족 가문의 사람을 아내로 맞이하지 않았다.

……그런데 어찌하여 그렇게 억지부려가며 리트리아를 원하는 걸까.

그렇다, 전부 나노머신들 때문이었다.

아르반 제국에서 일어났던 이세계 침략자 절대 방위전.

그때 나노머신들은 마일의 지인이면서 **화면발 잘 받는 사람들**을 중점적으로 골라 대륙 전역의 상공에 비추었다.『붉은 맹세』,『원더 쓰리』, 마리에트, 모레나 제3왕녀, ……그리고『여신의 종』.

그 일로 인해『여신의 종』의 일원인 리트리아는 대륙 전역에 얼굴이 팔렸다.

……얼굴이 팔리고 만 것이다.

청초하고 귀여운 데다 아직 미성년자인 귀족 소녀.

여리여리한 몸으로 이 세계를 지키기 위해 전투의 최전선에 선 그 갸륵한 용기.

그리고 가볍게 휘둘러 마물들을 쓰러트리는, 완전 금속제인 거대 금쇄봉.

전방위로 연발하는 강력한 공격 마법.

……모두 눈을 씻고 봐도, 나라를 구하는 전쟁의 여신이었다.

그리고 남작 가문이라지만 대대로 이어진 귀족 가문의 딸이다. 조금 공을 좀 세웠을 뿐인 평민과는 비교할 수 없다.

……자기 나라에 필요하다.

……자기 영지에 필요하다.

그리고 일족에게도 그 피가 흐르게 하고 싶다.

온 대륙의 귀족과 왕족이 그렇게 생각했으리라.

……그렇다. 공작가는 물론 왕가마저 그 생각에 어떻게든 손을 써서 남작 가문의 셋째 딸을 가질 수 없는지, 이래저래 획책하기 시작했던 것이다.

가문의 격이라는 문제쯤이야 어디 백작가나 후작가의 양녀로 들인 다음 약혼하면 해결된다.

그런 생각을 하면서…….

또 국왕은 오라 남작가를 자작으로 승격했다. 기회를 봐서 한 번 더 승격해 오라 가문이 백작가가 되면 왕자와 맺어주기 위해 굳이 어느 고위 귀족의 양녀로 보내는 수고를 할 필요가 없어져서, 아무 상관 없는 귀족이 양아버지랍시고 쓸데없이 간섭할 우려도 사라진다.

그리하여 리트리아에게 국내외로 약혼, 양녀 신청, 만남 요청과 다과회, 파티 등의 초대가 쇄도했다.

도저히 전부 다 대응할 수 없었고, 그렇다고 해서 일부에게만 대응하면 그 사람이 『약혼을 받아들였다』라는 식으로 오해하거나 의도적으로 소문을 퍼트려 기정사실화하려고 들 위험도 있어서 일률적으로 모든 신청을 거절 중인 상황이었는데, 오늘 온 후작처럼 거절했는데도 불구하고 미리 언질도 없이 대뜸 찾아오는 사람이 끊이질 않았다.

처음에는 감히 올려볼 수도 없는 높은 귀족이 방문하면 대접할 때 리트리아도 동석하게 했다.

……하지만 그게 어리석은 행동이었음이 머지않아 드러나서, 리트리아는 손님이 돌아갈 때까지 다락방에 만든 은신처에 숨어

있게 되었다.

"난감하네요……. 헌터 활동은커녕 집 밖으로 한 발짝도 나갈 수 없어요……."

그렇다.『여신의 종』멤버들과 밥을 먹을 때도 마을을 거닐 때도 약혼하자고 덤비는 귀족들이 따라붙고, 나중에는 헌터 길드에 있을 때나 의뢰 수행 중에도 접근해서 도저히 헌터 활동을 못 할 지경에 처하고 만 것이다.

그래서 테류시아 일행에게 민폐 끼칠 수 없다며 일시적으로 『여신의 종』을 떠나 집에 틀어박혀 있었다.

그것 자체는 딸이 헌터라는 위험한 직업에서 멀어진 만큼 오라 남작으로서는 반가운 일이 아닐 수 없었지만, 아직 결혼은 고사 하고 약혼도 시키기 싫은 딸바보 아버지로서는 지금 상황에 마냥 기뻐할 수 없었다.

……아무리 그것이 상위 귀족의 조건 좋은 혼담이라 할지라 도…….

"리트리아를 다른 나라에 시집 보내는 것은 절대 받아들일 수 없어! ……뭐, 어차피 왕궁이 허락할 리 없지만……."

당연하다. 나라의 보물인 전쟁의 여신을 다른 나라에 내어줘 서, 그 나라에서 전쟁의 여신의 피를 이어받은 자손이 점점 태어 나는 일을 좋게 볼 귀족과 왕족이 어디 있겠는가.

"차라리 우리나라 왕족과 약혼시킬까? 그럼 다른 자들이 못 건 드리니까 시집갈 때까지는 우리 집에서 평온한 삶을 살 수 있잖 아. 시집 따위 보내고 싶지 않지만, 언젠가 그날이 온다면 그때까지만이라도 함께 마음 편히 살기 위해……."

'안 돼요!'

리트리아는 조바심이 났다.

그런 게(왕족의 약혼자) 되어버리면 앞으로 두 번 다시는 헌터 활동을 할 수 없다.

"만약 왕자님과 약혼하게 된다면 그날로 왕궁에 들어가 왕자비 교육을 받게 되겠지요. 그럼 아버지를 만날 수 있는 건 한 해에 고작 몇 번 될까 말까. 그것도 많은 사람이 있는 곳에서 형식적인 인사를 하는 정도로……."

"왕자들과 약혼은 안 될 말이야!"

남작, 가벼웠다.

"하지만 그럼 어떻게 해야……."

"그러니까요……, 아!"

리트리아, 뭔가 좋은 생각이 떠오른 듯하다.

"아버지, 저, 여행 좀 다녀올게요!"

"뭐어어어어어엇?!"

                    *   *

"……그래서 여행하는 동안 우리한테 호위로 지명 의뢰를 내고 싶다는……."

"네, 그렇죠!"

리트리아가 돌아왔나 했더니 『여신의 종』의 일원으로서가 아니라『오라 남작 가문의 딸』로서『여신의 종』에게 지명 의뢰를 내고 싶다는 말을 듣고 처음에는 당황한 테류시아 일행이었는데, 리트리아의 설명을 듣고 전부 이해했다.

멤버로서는 그런 일을 부탁할 수 없으니,『여신의 종』멤버가 아니라 오라 남작 가문의 딸로서 정식 호위 의뢰를 요청한 것이다.

……하등 이상할 게 없는, 지극히 상식적인 판단이었다.

"구혼자들의 공격을 막기 위해 방패를 손에 넣겠다 그건가……. 좋아, 하자! 우리도 그『방패』의 보호를 받겠어!"

""""하앗!""""

"……엥?"

＊　　＊

"……그렇게 해서 멀리 이곳까지 찾아왔어요. 부탁이에요, 마일 씨! 저희를, 마일 씨의 **종**으로 삼아 주세요!"

"네에에에에에에엣?!"

예고 없는 방문이었는데도 어떻게 된 일인지 순조롭게 마일 001이 있는 곳으로 들여보내진『여신의 종』일행.

그날 공중에 띄운 영상 때문에 그녀들의 얼굴을 기억해서일까, 아니면 누군지 검문하는 신관에게『저희는「여신의 종」입니다. 마일 씨를 만나러 왔어요』라고 말한 것이 효과가 있었을까…….

보통 마일을『사자님』이 아닌『마일 씨』라고 부르는 것은 개인적으로 아는 사이뿐이고, 설마『여신의 종』이 파티명인 줄 몰라

이름 그대로의 존재로 착각했을 가능성도 있다.

　……여하튼 무탈하게 만났다는 얘기다.

　그리고 느닷없이 찾아온 『여신의 종』에게 그런 부탁을 받고 당혹스러워하는 나노머신(마일 001).

　하지만 『너 가짜지!』, 『마일 씨를 어떻게 했어?!』 하면서 갑자기 검을 휘두르는 일은 일어나지 않았기에 안도하는 표정이었다.

　……일부러 그렇게 표정근육을 만들면서까지…….

　예전에 『원더 쓰리』와 마리에트가 연속해서 바로 가짜라고 알아차렸던 만큼 몹시 경계했던 마일 001이었는데, 아무래도 마일을 만난 게 까마득한 리트리아와 다른 『여신의 종』 멤버들은 알아채지지 못한 듯했다.

　"으~음, 『구혼자들이 성가시게 굴어 제대로 생활이 안 되니까, 사자님의 사명을 받아 행동하는 것으로 해달라』, 그런 말씀인가요…….."

　"네. 신전에서 떠날 수 없는 마일 씨를 대신해 평범한 헌터로서 활동해가며 견문을 넓히고 시정의 상황을 전달해 드리는 거죠. 그런 역할을 사자님으로부터 받았다고 하면 방해하거나 약혼과 결혼을 강요할 수 없게 되잖아요? 그건 신의 뜻에 반하는 행위로 자칫하면 신을 적으로 돌리는 짓이니까…….."

　"듣고 보니…….."

　리트리아의 설명에 납득하는 마일 001.

　"마리에트 짱과 같은 발상이네요. 다들 생각하는 게 똑같다, 그런 건가요…….."

리트리아를 비롯한『여신의 종』이 곤란해진 원인은 나노머신에 있다.

그래서『마법 행사, 상위자의 직접 명령을 제외한 나노머신의 활동으로 말미암아 원주생물에게 피해와 불이익을 끼치는 행위 금지』라는 금칙 사항을 어기지 않으려면 마일 001로서는 달리 다른 선택지가 없었다.

"……승인."

이야기를 들은 신관들은 그렇게 해서 사자님이 기뻐하고 만족하신다면, 하면서 흔쾌히 받아들였다.

동료였던 레나 일행이 전부 행방을 감춰버린 지금, 사자님이 언제 그들을 뒤따라 사라질지 몰라 전전긍긍했던 것이다.

그래서 이 정도 일에 기분이 나아지신다면, 하고 몹시 반겼다.

그리하여 신관장의 이름으로 정식 의뢰 문서를 작성하고, 그리 큰 액수는 아니나 의뢰비도 지불하게 되었다.

파티 이름이『여신의 종』이었던 것도, 신관들에게 좋은 인상을 준 듯했다.

원래부터 경건한 신도였다고 여기면서…….

*　　*

"해냈어요! 마일 씨한테 임무 부여 서한을 받았고, 신관장으로부터 정식 의뢰서도 받았어요. 이제 꼬이는 날벌레들을 퇴치할 수 있어요!"

의뢰서라고 했어도 헌터 길드를 통한 것이 아니라 직접 의뢰다.

그렇지만 딱히 헌터가 길드 없이 의뢰자에게서 직접 받는 『자유 의뢰』인 것은 아니다.

이건 헌터로서 받은 의뢰가 아니라 경건한 신의 종들이 사자님의 부탁으로 신전에서 정식 의뢰를 받은 것으로 신탁에 준한다.

그것도 평민이 자기 마음대로 하는 주장이 아니고, 사자님의 서한과 신관장의 정식 의뢰서도 있다.

……명분을 얻었다.

무적이었다.

"좋았어, 『여신의 종』, 전력 전개로 활동을 재개하자고!"

""""""하아아아아아아아아앗~~!!""""""

이렇게 해서 꼬이는 날벌레(모여드는 구혼자)들을 퇴치하고, 헌터 활동을 다시 시작한 리트리아였다…….

작가 후기

여러분, 오랜만이에요, FUNA입니다.

능균치, 19권이네요. 다음에는 마침내 20권이고요!

『능균치』, 『노후금화』, 『포션빨』까지 세 작품을 냈는데 전부 서적화에 만화화에 애니화가 되고, ……전부 TV 방영까지 끝났습니다.

……이제는 정말, 하얗게 불태웠…… 겠냐아아아아!!!

아직 시들 나이가 아니야!

애니메이션의 TV 방영은 끝났어도 재방송, 스트리밍 서비스, 블루레이가 남아있고, ……그렇게 애니 2기의 가능성도 아직 열려 있습니다!!!

지금은 한 템포 쉬면서 심기일전, 열심히 또 달려보겠습니다앗!

소설과 만화에서도 마일 일행, 미츠하 일행, 카오루 일행과 앞으로도 쭉 모험에 함께해 주시는 겁니다!

『붉은 맹세』, 드디어 왕도로 진격!

옛 친구들과의 재회 그리고 새로운 거점 확보.

……클랜의 거점과 『관리자』로서의 거점까지 양쪽.

암약하는 『원더 쓰리』와 에스트 · 모레나(제3왕녀) 콤비!

구대륙에서는 남겨진 사람들이 이래저래 애쓰는 듯한데…….

그리고 다음 20권에서는 왕도에서 『붉은 맹세』와 『원더 쓰리』의

본격적인 활동이 시작되고…….

폴린과 레나, 『원더 쓰리』세 멤버와 경쟁을?

마일: "왠지『섞지마 위험해』*라는 말이 떠오르네요…….”
메비스: "아니 그런 우연이. 실은 나도…….”
레나 · 폴린: ""시끄러워!!""

그리고 레나한테 요리 시키지 마!
이터널 포스 블리자드.
상대는 죽는다.
……세계가 멸망한다…….

마일과 유쾌한 동료들, 과연 앞으로 어떻게 될 것인가…….
그리고 폴린과 레나의 수납마법 특훈 성과가 제발 나오기를…….
제발 제발.

마르셀라: "저기, 레나 씨 일행한테도 저희처럼 마법의 진수를
알려주시거나 여신님께 부탁해서 아이템 박스를 쓸 수 있게 해주
면 안 되나요?”
마일: "레나 씨와 폴린 씨는 저 때문에 헌터가 된 게 아니어서
요. 저를 위해 고생하시는 『원더 쓰리』여러분과는 입장이 달라요.

---

*일본에서 표백제와 세제에 적힌 경고문구이자 TV 애니메이션『요괴소년 호야』의 1기, 2기 오
프닝 테마곡 제목.)

게다가 레나 씨와 폴린 씨는 스스로 획득하길 바라거든요. 일반 수납마법을 쓰는 방법은 제가 꼼꼼히 코치하고 있고……."

마르셀라: "그렇군요……. 게다가 마술사도 아닌 메비스 씨는 스스로 터득하신 만큼, 마술사로서의 의지 문제도 있겠죠……."

하지만 레나와 폴린은 단지 마르셀라 일행이 편법을 썼다는 걸 모르고 있을 뿐이다.

만약 그 사실을 알게 되면 자신한테도 넘기라고 요구할 게 뻔하다.

……결국, 마일을 제외한 여섯 명 중에 제일 마법 센스가 있는 사람은 메비스겠지.

이 무슨, 여신의 얄궂은 장난이란 말인가…….

소설, 만화 그리고 애니메이션까지 『12~13세로 보이는 자그마한 소녀 3부작』, 계속해서 잘 부탁드립니다!

마지막으로 일러스트레이터 아카타 이츠키 님, 책 디자이너 야마카미 요이치 님, 담당 편집자님, 교정교열 및 인쇄, 제본, 유통, 서점 등에 종사하시는 관계자 여러분, 그리고 이 작품을 읽어주신 독자 여러분께 진심으로 감사드립니다.

그럼 또 다음 권에서 만날 수 있다고 믿으며…….

FUNA

*모처럼이니
제3왕녀… 아니 대성녀 두 사람도
같이 벗고 허심탄회해진 느낌으로…

せっかくなので
第三王女…もとい 大聖女 2人にも
なかよく裸のお付き合いみたいな…

亜方逸樹
*아카타 이츠키

あとがき的な
なにか
*후기 같은 무언가

WATASHI, NORYOKU WA HEIKINCHI DETTE ITTAYONE! vol.19
©2024 FUNA, Itsuki Akata/SQUARE ENIX CO., LTD.
First published in Japan in 2024 by SQUARE ENIX CO., LTD.
Korean translation rights arranged with SQUARE ENIX CO., LTD.
and Somy Media, Inc. through Tuttle-Mori Agency, Inc.

저, 능력은 평균치로 해달라고 말했잖아요! 19

2024년 10월 15일 1판 1쇄 발행

저 자	FUNA
일 러 스 트	아카타 이츠키
옮 긴 이	조민정
발 행 인	유재옥
이 사	조병권
출판본부장	박광운
편 집 2 팀	정영길 박치우 정지원 조찬희
편 집 3 팀	오준영 권진영 이소의
디자인랩팀	김보라 차유진
디지털사업팀	박상섭 김지연 윤희진
라이츠사업팀	김정미 맹미영 이윤서
영업마케팅팀	최원석 이다은
물 류 팀	허석용 백철기
경영지원팀	최정연
인쇄제작처	㈜코리아피엔피
발 행 처	㈜소미미디어
등 록	제2015-000008호
주 소	서울시 마포구 토정로222, 502호 (신수동, 한국출판콘텐츠센터)
판매 및 마케팅	(070) 8822-2301

ISBN 979-11-384-8473-2
ISBN 979-11-5710-478-9 (세트)